高新技术科普丛书

# 数码飞入百姓家

## ——数字家庭面面观

主　编◎黄慕雄　张学波

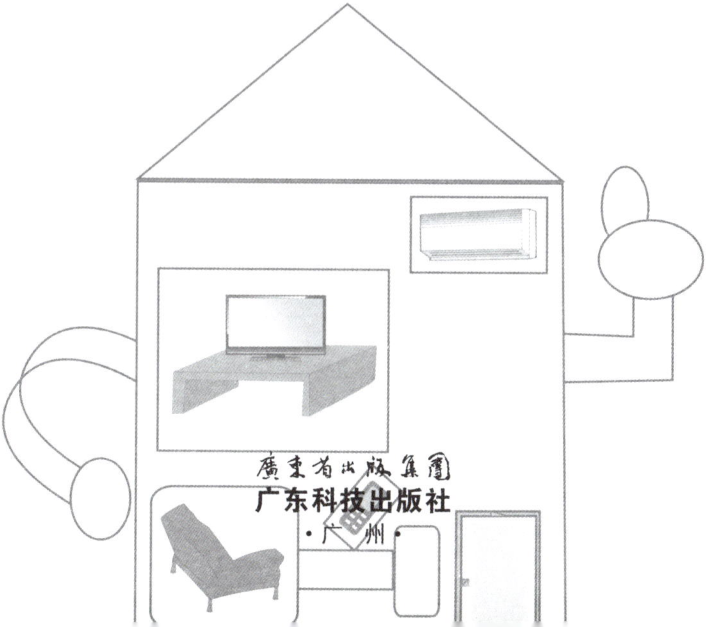

廣東省出版集團
广东科技出版社
·广　州·

图书在版编目（CIP）数据

数码飞入百姓家：数字家庭面面观 / 黄慕雄，张学波主编.
—广州：广东科技出版社，2011.8（2012.5重印）
（高新技术科普丛书）
ISBN 978-7-5359-5598-2

Ⅰ．①数…　Ⅱ．①黄…②张…　Ⅲ．①数字技术—普及读物　Ⅳ．①TN-49

中国版本图书馆CIP数据核字（2011）第157105号

---

项目策划：崔坚志
责任编辑：谢志远　夏　丰
美术总监：林少娟
封面设计：友间文化
责任校对：黄慧怡
责任印制：罗华之
出版发行：广东科技出版社
（广州市环市东路水荫路11号　邮政编码：510075）
E-mail：gdkjzbb@21cn.com
http：//www.gdstp.com.cn
经　　销：广东新华发行集团股份有限公司
排　　版：广州市友间文化传播有限公司
印　　刷：佛山市浩文彩色印刷有限公司
（佛山市南海区狮山科技工业园A区　邮政编码：528225）
规　　格：889mm×1194mm　1/32　印张 5　字数 120千
版　　次：2011年8月第1版
2012年5月第2次印刷
定　　价：16.00元

---

# 《高新技术科普丛书》编委会



本套丛书的创作和出版由广州市科技和信息化局、广州市科技进步基金会资助。

# 序一 *Preface*

精彩绝伦的广州亚运会开幕式，流光溢彩、美轮美奂的广州灯光夜景，令广州一夜成名，也充分展示了广州在高新技术发展中取得的成就。这种高新科技与艺术的完美结合，在受到世界各国传媒和亚运会来宾的热烈赞扬的同时，也使广州人民倍感自豪，并唤起了公众科技创新的意识和对科技创新的关注。

广州，这座南中国最具活力的现代化城市，诞生了中国第一家免费电子邮局；拥有全国城市中位列第一的网民数量；广州的装备制造、生物医药、电子信息等高新技术产业发展迅猛。将这些高新技术知识普及给公众，以提高公众的科学素养，具有现实和深远的意义，也是我们科学工作者责无旁贷的历史使命。为此，广州市科技和信息化局与广州市科技进步基金会资助推出《高新技术科普丛书》。这又是广州一件有重大意义的科普盛事，这将为人们提供打开科学大门、了解高新技术的“金钥匙”。

丛书在今年将出版14本，内容包括生物医学、电子信息以及新能源、新材料等三大板块，有《量体裁药不是梦——从基因到个体化用药》《网事真不如烟——互联网的现在与未来》《上天入地觅“新能”——新能源和可再生能源》《探“显”之旅——近代平板显示技术》《七彩霓裳新光源——LED与现代生活》以及关于干细胞、生物导弹、分子诊断、基因药物、软件、物联网、数字家庭、新材料、电动汽车等多方面的图书。

我长期从事医学科研和临床医学工作，深深了解生物医学对于今后医学发展的划时代意义，深知医学是与人文科学联系最密切的一门学科。因此，在宣传高新科技知识的同时，要注意与人文思想相结合。传播科学知识，不能视为单纯的自然科学，必须融汇人文科学的知识。这些科普图书正是秉持这样的理念，把人文科学融汇于全书的字里行间，让读者爱不释手。

丛书采用了吸收新闻元素、流行元素并予以创新的写法，充分体现了海纳百川、兼收并蓄的岭南文化特色。并按照当今“读图时代”的理念，加插了大量故事化、生活化的生动活泼的插图，把复杂的科技原理变成浅显易懂的图解，使整套丛书集科学性、通俗性、趣味性、艺术性于一体，美不胜收。

我一向认为，科技知识深奥广博，又与千家万户息息相关。因此科普工作与科研工作一样重要，唯有用科研的精神和态度来对待科普创作，才有可能出精品。用准确生动、深入浅出的形式，把深奥的科技知识和精邃的科学方法向大众传播，使大众读得懂、喜欢读，并有所感悟，这是我本人多年来一直最想做的事情之一。

我欣喜地看到，广东省科普作家协会的专家们与来自广州地区研发单位的作者们一道，在这方面成功地开创了一条科普创作新路。我衷心祝愿广州市的科普工作和科普创作不断取得更大的成就！

中国工程院院士 钟南山

二〇一一年四月

# 序二 Preface

## 让高新科学技术星火燎原

21世纪第二个十年伊始，广州就迎来喜事连连。广州亚运会成功举办，这是亚洲体育界的盛事；《高新技术科普丛书》面世，这是广州科普界的喜事。

改革开放30多年来，广州在经济、科技、文化等各方面都取得了惊人的飞跃发展，城市面貌也变得越来越美。手机、电脑、互联网、液晶电视大屏幕、风光互补路灯等高新技术产品遍布广州，让广大人民群众的生活变得越来越美好，学习和工作越来越方便；同时，也激发了人们，特别是青少年对科学的向往和对高新技术的好奇心。所有这些都使广州形成了关注科技进步的社会氛围。

然而，如果仅限于以上对高新技术产品的感性认识，那还是远远不够的。广州要在21世纪继续保持和发挥全国领先的作用，最重要的是要培养出在科学领域敢于突破、敢于独创的领军人才，以及在高新技术研究开发领域勇于创新的尖端人才。

那么，怎样才能培养出拔尖的优秀人才呢？我想，著名科学家爱因斯坦在他的“自传”里写的一段话就很有启发意义：“在12～16岁的时候，我熟悉了基础数学，包括微积分原理。这时，我幸运地接触到一些书，它们在逻辑严密性方面并不太严格，但是能够简单明了地突出基本思想。”他还明确地点出了其中的一本书：“我还幸运地从一部卓越的通俗读物（伯恩斯坦的《自然科学通俗读本》）中知道了整个自然领域里的主要成果和方法，这部著作几乎完全局限于定性的叙述，这是一部我聚精会神地阅读了的著作。”——实际上，除了爱因斯坦以外，有许多著名科学家（以至社会科学家、文学家等），也都曾满怀感激地回忆过令他们的人生轨迹指向杰出和伟大的科普图书。

由此可见，广州市科技和信息化局与广州市科技进步基金会，联袂组织奋斗在科研与开发一线的科技人员创作本专业的科普图书，并邀请广东科普作家指导创作，这对广州今后的科技创新和人才培养，是一件具有深远战略意义的大事。

这套丛书的内容涵盖电子信息、新能源、新材料以及生物医学等领域，这些学科及其产业，都是近年来广州重点发展并取得较大成就的高新科技亮点。因此这套丛书不仅将普及科学知识，宣传广州高新技术研究和开发的成就，同时也将激励科技人员去抢占更高的科技制高点，为广州今后的科技、经济、社会全面发展作出更大贡献，并进一步推动广州的科技普及和科普创作事业发展，在全社会营造出有利于科技创新的良好氛围，促进优秀科技人才的茁壮成长，为广州在21世纪再创高科技辉煌打下坚实的基础！

中国科学院院士 张景中

二〇一一年四月

# 前言 *Foreword*

数字家庭的到来，改变人们对家的定义和诉求。它赋予门窗四壁、灯台厨卫联结成的物质空间以智慧与协作；它为交流互动、饮食起居的生活空间带来便捷与乐趣；它让心灵回归、情感释放的精神空间更为丰富多彩。数字家庭为何如此神奇？这正是本书要告诉你的。

数字家庭拥有善于指挥控制的家庭控制器，拥有连接和传输指令的有线与无线网络，拥有功能丰富、协同合作的家庭终端设备。它已悄然步入我们的生活中，带来新颖的生活模式，而我们却对它知之甚少。为此，我们带来《数码飞入百姓家——数字家庭面面观》这本科普小册子。

本书通过生动有趣的小故事和漫画插图，全面介绍数字家庭中安防报警系统、智能控制系统、智能家电、娱乐系统、数字阅读和医疗保健系统等的构成、设备、功能和互联，更手把手教你DIY打造自己的数字家庭。让读者对数字家庭有深入的了解和认识，为即将到来的数字新生活做好准备。

数字家庭在广州有着独特的发展优势。2005年广东省启动国内首个“数字家庭行动计划”，广州成为数字家庭首批试点城市。广东省数字家庭体验中心、数字家庭与数字电视产学研孵化基地、数字家庭体验馆均落户于广州大学城，为数字家庭产品和技术的研发、运营模式的探索提供了试验与展示平台。2010年，广州出台首个地方规范——《数字家庭产业基地一体化服务规范》，推动数字家庭产业基地一体化的健康发展。2011年，广州数字家庭成为国内唯一专利产业化试验基地。广州，为“数码飞入百姓家”美好愿景的实现，为数字家庭产业链的完善，作出了重要的贡献。

# 目 录 Contents

## 七 健康卫士——家庭健康保健服务

# 一 畅享数字新生活
# ——走进数字家庭

## 小故事

### “未来之屋”不可思议之旅

在美国西雅图华盛顿湖畔的山坡上，有一座耗资上亿美元、耗时7年打造的神奇建筑。它之所以为世人所瞩目，不仅在于拥有6.13万米$^2$的面积，也不仅在于其主人是比尔·盖茨，更重要的是因为它集成和实现人类智能生活的梦想，成为数字家庭的典范，它的名字叫“未来之屋”。

今年暑假，小刚受盖茨的邀请来到“未来之屋”进行参观。在进门前，门口的微型摄像机以图像通知主人访客到来，由主人经电脑向大门下达开启命令并派送“胸针”。假如小偷光顾，就会被系统确认为入侵者，由电脑通过网络报警。此外，安防系统还能在火灾发生时自动对外报警，关闭危险电力系统，显示营救方案，根据火势分配供水。

刚刚提到的“胸针”，不仅是盖茨家的“入门券”，更重要的是它内置了微晶片，能显示客人所处的位置，根据客人的偏好满足甚至预见其需求。当小刚踏进客厅时，空调系统自动调节室温并净化空气；灯控系统根据他的需求增减明暗；隐藏在墙壁后面的扬声器，播放着小刚喜爱的乐曲。来到厨房，全自动烹调系统已经在为小刚烹制他爱吃的汉堡。而卫生间里更隐藏着神奇的体检系统，假如身体有异常，便会发出警报。接下来进入的是盖茨办公的会议室，这里随时可接入高速网络，电脑屏幕上提供各类资讯，还能召开视频会议，让盖茨能与工作伙伴“面对面”交流办公，使家与办公室合二为一。最后来到的是极具艺术气派的家庭影院，里面设有20个舒适座位，配备爆米花机，闲暇时便可在这享受高清电影电视。

参观结束，小刚不禁想问“未来之屋”是如何实现智能互动呢？原来，屋内地板下隐藏着电缆和数字传输光纤。供电系统和网络系统将主人的需求与电脑、家电连接。通过“共同语言”让电脑接收遥控器、手机、传感器等发出的信息，安防、家电和娱乐等子系统则根据中央系统的指令作出反应，从而让这座豪宅处处体现“人性化”和“个性化”服务。

未来之屋

怎么样？在游览完“未来之屋”后，是否也激起了你对智能生活的向往？随着计算机和网络技术的迅速发展，功能齐全数字家电的研发面世，这种前卫的生活模式将不再为比尔·盖茨所独有。下面，跟随我们的步伐，走进数字家庭，一起来认识一下它吧。

# 1 数字知多点——数字家庭概览

## 小房子大“智慧”——数字家庭是什么

数字家庭，也叫做智能家居。它最早来自于20世纪90年代美国IT和家电行业提出的为打破“信息孤岛”、实现信息终端之间的资源共享和协同工作的设想。在国外，人们称它“智慧屋”。智慧屋的神奇之处在于，能借助信息和通信技术对家里的家电、通信和安保进行监视、控制和管理。这个设想激发了人们对数字化、智能化生活方式的向往。通信技术行业、计算机行业和家电行业纷纷加入到研发数字家庭的队伍中，一步步推进人类梦想的实现。

随着宽带与无线通信技术的成熟与完善，计算机和数字电子产品的技术升级和应用，以及3C融合趋势的加强，数字家庭逐步成型。作为一个集成化的智能控制系统，我们可以把数字家庭简单地理解为：在家庭控制器这位“管家”的指挥下，家居中具备数字化和智能化的各种安防、家电、娱乐等终端设备通过有线或无线网络互联互通，随时听候你的差遣，分工协作提供个性化服务，并与外界进行信息交流和互动。

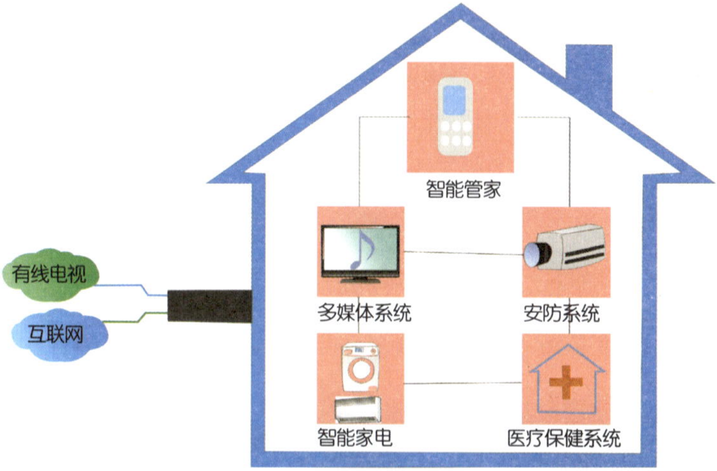


数字家庭构成

## 智慧屋内有“乾坤”——数字家庭的构成

其实从表面上看，数字家庭与传统家庭的差别不大，都是门窗、灯台和各类电子电器。那为什么数字家庭里的设备能够相互“沟通”充满“智慧”呢？这智慧屋里到底有什么“乾坤”？一起来看看它的构成吧。

数字家庭主要是由家庭网络、桥接设备和业务体现终端构成。这其中，家庭网络因肩负“双重职责”而占据关键地位，对外它是连接外部网络的“主干道”，对内它是连接家庭终端设备的“总枢纽”。其实，家庭网络是两张不同网络的融合。一张叫“多媒体信息网”，它主要传输视、音频等高速信息，实现多媒体信息在家庭内外的交流和共享；另一张叫“家庭控制网”，顾名思义它主要是用来连接家庭内部的各种安防设备、照明设备、智能电器、娱乐设备等，通过协议使它们能通过“共同语言”进行“交流”，执行各种指令。

桥接设备和业务体现终端都比较好理解。桥接设备，就是用来连接设备、传输信号的有线载体和无线载体。而业务体现终端，则是为我们生活提供便捷和服务的各种数字化家庭设备。正是家庭网络、桥接设备和业务体现终端的分工协作，才使数字家庭凝聚了“智慧与能力”。

## 屋里屋外亮点多——数字家庭的特点

既然数字家庭是一个富有“智慧”的特殊房子，那么与传统的

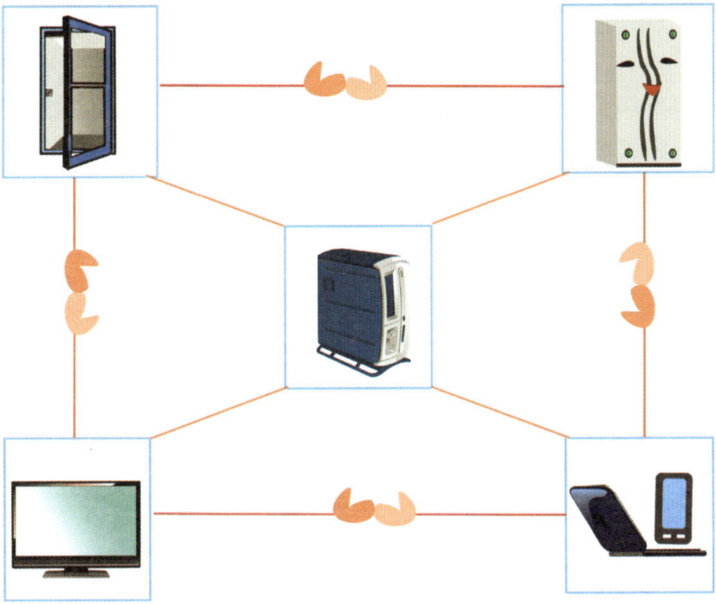

数字家庭的特点

家庭相比，它又有着什么特征和优势呢?

一是网络化，网络在数字家庭中承担着“桥梁”的重任，它使家居中的终端设备不再是单独运作的个体；二是智能化，当外界条件发生变化时，终端设备将根据需求和情况自动做出调整，无需你亲力亲为；三是人机交互化，数字家庭赋予家里各种终端设备“说话”的能力，让它们能与你轻松“交流”；四是协同化，网络使各个终端设备构成统一系统，它们将分工协作完成你交代下来的任务；五是共享化，信息资讯、影音娱乐等数字资源都可以通过网络实现家庭内部与外部的交换和共享；六是远程监管化，即使你不在家中，所有终端设备都可以通过手机或电脑进行远程监控，家里大小事尽在你的掌控之中。

## 科技小档案

### 什么是3C融合

3C指的是计算机、通信和消费类电子产品。3C融合，简单来说就是利用数字信息技术激活其中任何一个环节，通过某种协议使这三方面实现信息资源的共享和互联互通，从而满足人们在任何时间、任何地点通过信息关联应用来方便自己的生活。

# 2 我家有位“全能王”——数字家庭的功能

近年来，在国内外各类科技和家居博览会上，数字家庭可谓是出尽风头。智能家居系统不断推陈出新，将灯光、窗帘、安防、娱乐、家电等系统囊括入它的控制范畴之中，操作也更趋于简便。集合多种功能的智能终端越发成熟，电视、冰箱、空调、微波炉、咖啡机等常见的家电纷纷披上“智能”外衣，不仅“勤劳能干”而且还能与人“对话”。数字家庭被贴上了“智能化”、“人性化”、“便捷化”等标签，激发起人们对它的巨大好奇和热情。

那么，数字家庭这位“全能王”到底能为我们的生活增添什么样的亮点呢？一起来看看吧。

## 安防监控——营造安全家庭环境

有句歌词这样唱：“我想有个家，一个不需要太大的地方，在受惊吓的时候我才不会害怕……”长久以来，家总被喻为避风的安全港湾。安防监控自然也就成为数字家庭研发队伍关注的焦点，自数字家庭诞生以来安防便成为其主要功能和应用之一。

在数字家庭中，安防监控作为“安全卫士”，不仅有着“一夫当关，万夫莫开”的门禁，能把可疑和危险拒之门外；更有着“火眼金睛”的电子监控，能够监视、记录和自动发送警报，让你离家之后仍能对家中的一事一物了然于心。数字家庭虽然没有“铜墙铁壁”，但因有着安防监控而能为你营造高枕无忧的安全家庭环境。

## 智能控制——构筑舒适便捷的家居生活

拥有管家、保姆、保健顾问、家庭教师为你打点生活起居，拥有家庭影院、电子娱乐设备为你排忧解闷，这应该是富人享受的高级生活吧。不必羡慕，在数字家庭中，智能控制也能让“数字成员”们为你构筑舒适便捷的家居生活。

在数字家庭中，智能家电和灯控、窗帘系统等将是你贴心的保姆，只要轻松按一键，它们就能随时与你“对话”，根据外部条件或是你的指令随时做出调整，有了它们，洗衣、做饭、打扫卫生也

全家共享数字家庭娱乐

能充满乐趣。保健系统则是你的健康顾问，通过各种检测仪器，让你随时了解身体的各项指标。远程教育作为家庭教师，通过网络学习平台，让终生教育不再是口号。此外，家庭影院、数字电视、电子游戏等构成的数字家庭娱乐系统，让全家人能“随兴所欲”，时刻沉浸在高清影视、环绕音响、妙趣游戏的欢乐海洋中。而所有的这一切，都在你的“掌控”之中。

## 信息传输——打造高效的工作模式

你是否已经厌烦了沉闷的办公室生活而一直想把家和办公合二为一，自由调配你的时间和计划？没问题，数字家庭的信息传输功能，能轻松为你打造高效的工作模式。

一方面，数字家庭通过连接内外的网络让信息畅通无阻地显示在你的电脑、电视和手机屏幕上，足不出户即可一览天下事。同时，信息定制和推送业务，还能根据你的阅读偏好及需求，精心筛选相关主题，分类排序后及时推送，让你在愉快的阅读中与垃圾信息说“再见”。

另一方面，数字家庭不仅能提供一般办公所需的电话、传真机、打印机和电脑等基础设备，高速宽带能够支持在线语音、视频通信和即时通信，通过电脑或电视屏幕就能实现与客户的“面对面”交流、与同事的分工协作。也许到了未来，老板已不必租赁办公场所，员工可在家随意调配时间，并通过网络平台提交工作和记录绩效，享受完全个性化的工作模式。

轻松享受高效的家庭工作模式

## 3 数字生活不是梦——数字家庭过去、现在与未来

### 进入快速发展——数字家庭在发达国家

你知道吗？早在数字家庭概念被正式提出之前，国外就已经对其技术进行探索。1984年，当彩色电视在中国还是件稀罕宝贝的时候，美国哈特福德市中心广场上就已建起世界上第一栋“智能建筑”。这栋38层的办公建筑因有着计算机控制中心、自动化办公设备和消防、安防监控系统而吸引世人眼球。此后，加拿大、澳大利

亚和新加坡以及欧洲部分经济发达国家拉开了数字家庭研发和建造的序幕。

1998年，在新加坡亚洲家庭电器与电子消费国际博览会上，将家用电器、通信设备和安防设备合为一体的8X家庭智能化系统把会“说话”、有“智慧”的数字家庭展现在世人眼前。这个系统很快就在新加坡30个社区5 000个家庭中被使用，让人们初尝数字家庭带来便捷与安全的“甜果”。

随着越来越多的行业加入到数字家庭的建设中，数字家庭技术和产品获得前所未有的突破，最早的数字家庭系统X-10日趋成熟，并得到广泛应用。2003年6月，由Microsoft、IBM、Intel、Sony等17家企业牵头发起，并获得超过500家计算机厂商和消费电子厂商等企业支持的数字家庭工作组（DLNA）成立。它为不同厂商的不同产品提供在数字家庭环境下的用户操作平台。这意味着更多的电子产品能融合到数字家庭中，为人们带来个性化的体验和享受。自此，数字家庭在发达国家进入了快速发展时期。

## 初露成长光芒——数字家庭在中国

1999年，比尔·盖茨将“维纳斯计划”带到中国来，试图为中国量身打造“机顶盒”产品，以电视为显示器，以电话线为宽带桥梁。尽管该计划并未完全实现，却为中国数字家庭发展带来曙光，由此诞生国内第一家智能家居企业。

迈出成长步伐的中国数字家庭，迎来了两座重要的里程碑。2003年由联想集团牵头的以PC家化为特征的“闪联”和2004年由海尔公司牵头的以家电网络为特征的“e家佳联盟”开启对数字家庭系统和平台的探索，形成国家推荐性的行业标准。

2007年之后，内容提供商、电信运营商、3C设备提供商、电子集成商等多个行业纷纷投身建设数字家庭，使中国数字家庭产业链基本成型。2008年，在三网融合政策的推动下，国内交互式网络电视（IPTV）的推广试点范围不断扩大，数字电视整体平移不断加速，宽带和无线网络不断普及，互联互通的电子产品进入了百姓的消费领域。中国数字家庭以家庭娱乐为出发点，使更多的服务和功能融合进来，在追逐世界发展脚步中绽放出成长的光芒。

## 跻身国内“领跑者”——数字家庭在广州

广州数字家庭孵化基地内的数字家庭体验屋

作为改革开放的前沿地，广州不仅是国内数字家庭研发和应用领域的重要“试验田”，更成功跻身为中国的领跑者。2005年，“广东省数字家庭行动计划”提出“以有线电视网络为主通道，以数字电视为中心，实现3C融合在家庭的岭南式数字家庭发展模式。”广州作为试点城市，为数字家庭的发展缔造了不少亮点。

亮点一：2007年，国家数字家庭应用示范产业基地落户番禺，建成数字家庭研发园、数字家庭商务园和数字家庭制造园，广州有了自己的“硅谷”。基地引进各类科技孵化企业、科技支持中心和研发机构。在“集聚效应”作用下，形成以数字家庭国家和国际标准产业化为特色的产业群，并结出了累累硕果，包括成立中国电子工业标准化技术协会数字家庭互动应用标准工作委员会，形成与“闪联”和“e家佳联盟”三足鼎立的“广联”标准；申报数字家庭相关专利1 000余项；制定38项技术标准；提供8大增值服务；研发23类数字家庭产品；等等。这些无疑是广州“领跑”国内数字家庭发展的“助推器”。

亮点二：在房地产的助力下，广州推进数字家庭应用示范试点工程，打造数字生活平台。率先在番禺区进行应用示范1万户试点，实现了高清互动和增值服务，让市民们提前享受由娱乐电视向信息电视、商务电视转变的乐趣。同时进行的还有海珠区20万用户普及化试点、大学城约3万高端用户试点和典型小区2万户试点。

亮点三：广州着力打造数字家庭产学研“人才库”。以数字家庭项目为依托，凭借先进的技术优势和教学理念，“广东省数字家庭人才教育中心”在广州成立，它为中国数字家庭行业制定了专业人才培养标准。广州还充分利用省内重点高校集聚的优势，促进

“国家基地”与高校之间的产学研合作，签订人才培养合作协议，并共建项目实训工作站。在培养人才的同时，落户广州的各类数字家庭试验和研究基地也吸引了国内外数字家庭专业人才，这为广州乃至中国数字家庭的发展提供了坚实的人才基础。

## 跃出构想蓝图——数字家庭在未来

作为数字化大潮中激起的一朵浪花，尽管数字家庭在发展上仍需攻克操作简易性和使用稳定性等技术难关，在普及上仍需解决技术标准不统一、服务内容品种少收费高、基础网络未全面覆盖等应

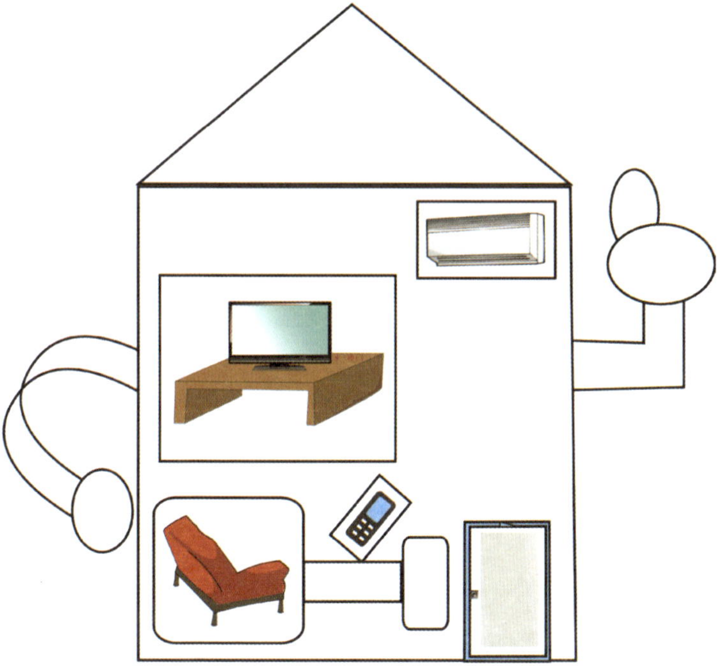

数字家庭在未来

用难题，但数字家庭已不再像十几年前我们第一次在样板间里看到的那样遥不可及。

在未来的数年里，数字家庭产业与平板显示产业、现代信息服务业的发展将成为广东省推进产业结构优化升级的重要举措。在三网融合政策下，相关部门和机构将借助融合的网络向数字家庭提供更多增值业务。数字电视将继续成为推进数字家庭的“先锋部队”，家庭用户机顶盒、通信终端、无线Wi-Fi将逐渐互联，诸如短信空调、“会话”冰箱等高度数字化、联网化的智能家电也将从展厅走向消费领域，家庭终端设备将集成实现全功能化、智能化。随着试点规模的逐步扩大，数字家庭也将由广州辐射至全省，使百万户居民体验到它所带来的乐趣。

数字家庭已然跃出构想的蓝图，步入我们生活。你准备好了吗？让我们先借由这本书，掀起数字家庭的“盖头”来，一起认识它的智与美。

# 二 忠诚的家庭保安
# ——安防报警系统

**小故事**

## 安防报警系统的大作用

2010年6月15日，深圳南山后海大道某高档小区发生一起入室盗窃案，案发现场的主卧室内一个保险柜被撬开，存放其内十几块劳力士、伯爵等名表，黄金钻石首饰及名贵玉器等被盗，被盗物品总价值约135万元人民币。

2010年8月，湖南省株洲市政府对该市27条街道的1.8万余户家庭安装防盗报警系统，实现防盗联网运营以来，没有一户被盗，发生的37起入室盗窃没有一起行窃成功，一些原来临街屡次窃贼光顾的家庭再也没有发生一起失窃案件，首次实现了“入室盗窃零被盗”。

从这两件结局相差如此之大的事件中，你或许已经感觉到了安防报警的威力了。你是否也在想，如果自己家里能有这样的一位忠诚的保安该有多好啊，这样我们外出的话就不用担心家里的安全了。那么，想不想先了解一下这位神秘的保安呢？现在，我们就来领略一下它的风采吧。

安防报警系统“全家福”

# 1 不下班的门卫——门禁系统

## 一家多锁——不同的门禁守卫同一个家

**小故事**

### 这个门该怎么进呢

家住广州珠江新城的小刚，是个热情好客的孩子。一天他邀请了几位同学到家里做客。一到他家大门口，大家首先看到的最引人注目的便是大门了，偌大的一扇门，居然没有钥匙孔，它的锁到哪去了呢？面对同学的疑惑，小刚解释道，原来他家的大门不是用钥匙开的，而是有其他的方法可以打开。

说完，小刚便把手指放在门旁的感应器上，门便自动开了。他说："这是指纹门禁，它能把我们全家每个人的指纹输入到里面，只要我们家人把手指放在上面感应一下，门就会自动开了。由于每个人的指纹都不一样，所以，在没有主人允许的情况下，外人是进不来的。"

进了大厅，小刚跟同学说，他们家的每个房门都安装着不同的门禁，所以开门的方法也各不相同。他说："我自己的房间是用感应卡开门的。"说完便从口袋中掏出一张卡，往门旁的一个金属片一贴，响起了一声"滴答"声，门便开了。"而我爸妈的卧室是采用面部识别门禁，"小刚指着父母的卧室说，"它上面有一个小摄像头，你往它前面一站，它就可以按照之前设定的我们家每个人的面部图像进行识别。"之后，小刚又指着另外一间房说："这道旁边有些数字按钮的门安装的是密码锁。它之前是设定了密码的，想进去的话只要把密码输进去就可以了。”同学们在用好奇的目光观察着这些门的同时，不禁感叹道：“这门禁可真好啊！我们小区的保安都有下班休息的时候，而它却是永不下班的，有这样的门卫守护着，就不怕坏人来撬门了。”

类型多样的门禁“钥匙”

自从人类发明了房子以后，门就成为房屋必不可少的部分，它既可以通风采光，又可以行进出之便。家是生活的港湾，而门则是进入这个港湾的第一道“防线”，俗话说：“防人之心不可无。”有了门就会有锁，有了锁那就得有钥匙，没有钥匙，那也只得“望门兴叹”了。

我们平常用的普通门锁，看似比较复杂，其实它的结构也很简单，虽说“一个萝卜一个坑，一把钥匙一扇门”，但我们也经常听到有人家里遭窃了或被撬了，这是为什么呢？原来我们用的锁都比较简单，只要小偷掌握了锁的内部的机械结构，他就可以用其他物件代替钥匙，这样就很容易把门打开了。虽然我们看过不同类型的防盗门，但它们大部分的原理结构与机械锁大同小异，而真正的防盗门则是我们今天要介绍的门禁系统。

门禁系统才是真正的防盗门

## 简约而不简单——探访门禁的结构

你或许会不解地问：“这道门装有门禁系统吗？从外表上看，跟普通的门没什么差别嘛。”不错，单看外表，这门禁式自动门看不出有什么奇特之处，但俗话说得好：“真人不露相，露相不真人。”这门禁式自动门外表寻常，可它“肚子”里却有许多“货”呢，真所谓简约而不简单呐。

虽然根据所需不同，门禁系统形态各异，但总的概括起来，它的结构由两部分组成：实时控制部分和信息管理部分。实时控制部

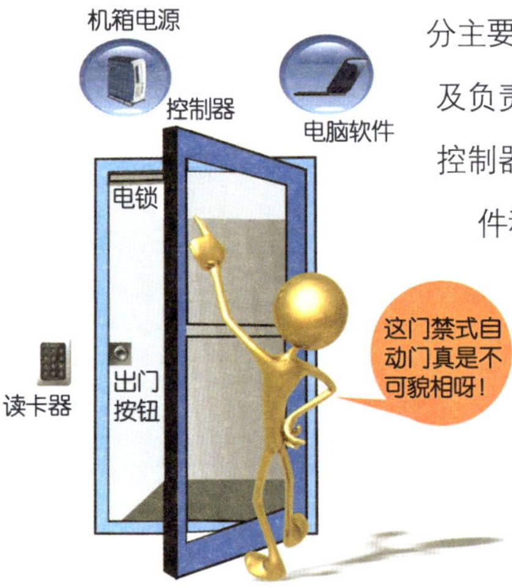

内部结构复杂的门禁式自动门

分主要包括装在门外的感应器、负责连接的电线以及负责整体调配内部结构复杂的门禁式自动门的控制器等；信息管理部分主要是系统信息管理软件和数据信息，储存着用户的个人信息资料。

门禁系统就好比一个人，我们人类主要通过眼睛、皮肤和耳朵来获取视觉信息、触觉信息和听觉信息，然后这些信息通过神经传输到大脑，大脑反应后，我们才会做出相应的动作。同样，门禁系统也是这样的，装在门外的感应器感应收到开门的信息后，经过电线传输到控制器，经过信息管理软件分析后，再发出开门的指令，这样，便完成了一个开门的过程。

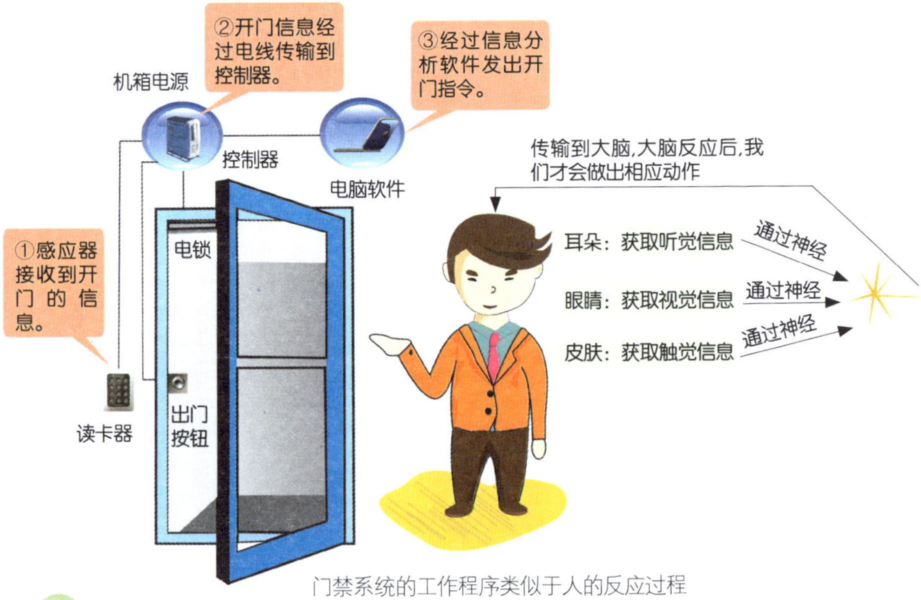

门禁系统的工作程序类似于人的反应过程

## 我的地盘我做主——个性化设置门禁

**小故事**

### 按需选择，随心所欲

妮妮家里最近新装了一套门禁系统，一向对新事物很好奇的妮妮却对这新装的门禁系统没什么兴趣，原来她认为这新的门禁系统也没啥新奇的嘛，跟平常的差不多。妮妮的爸爸知道原因后，准备好好跟妮妮介绍一下这新装的门禁系统。

一天，妮妮爸爸下班回家，看到妮妮坐在家门口，一看就知道妮妮又忘了带房门感应卡了。看着妮妮一脸无奈的样子，爸爸开门之后问妮妮："如果你早打电话给我，在办公室我就可以给你开门了。"妮妮这时不服气地说："你之前咋不告诉我这些呢？"爸爸这时就笑着说："你不是对这新的门禁系统不感兴趣嘛？"这时妮妮才知道自己错了，谦虚地问道："那它还有哪些功能呀？""打个比方说，你想晚上8~9点回房间睡觉，这时你就可以设置自由时段，这个时段门会自动开

智能化的门禁系统是家居安全的好帮手

放的。”爸爸继续说道，“我们家的门禁都是互相连接的，它们之间可以实现互相锁定，比如，大门没锁好的话，你就开不了自己的房门了，这样就不怕自己忘记了关好大门而把坏人引进来呀。”“那如果坏人趁我们没防备就跟着进来了怎么办呢？”妮妮问道。“对于这种情况，门禁有自己的防护措施，即便是外人进来了，他没有卡也打不开门出去，真正是个‘关门打狗’哦。”爸爸笑着说，“另外，你还可以查询门禁以往的开门记录；如果房门被外人闯进或者长时间没有关闭，它也会自动发出报警声。”“原来这门禁神通广大呀，看来我还是小瞧它了。”妮妮不好意思地说道。这时爸爸语重心长地说：“平常我们都在上班，你在家的时间比我们长，以后，这家可就得靠你来看着哦，有了这个门禁，你就有个很好的帮手啦。”

个性化的门禁系统可以实现很多功能

怎么样，是不是很羡慕妮妮家的新门禁呢？事实上，谁都不喜欢千篇一律的生活，统一的门禁你是不是也感到枯燥了呢？我们每个人都有自己的个性，拥有属于自己的个性化门禁系统是每位户主的愿望。门禁系统的多样化功能不仅可以让我们体现生活的乐趣，更重要的是给家庭多加了一层安全保险，在你自己家中的地盘，门也"俯首听令"，由你做主。

当然，除了以上介绍的功能外，门禁系统还有其他个性化功能的，怎么样？经过个性化设置之后的门禁系统很有特点吧。如果你仍不满意的话，你还可以定制门禁系统，也就是将门禁打造成为你自由"打扮"的"玩伴"，随心所欲，我的地盘我做主。

## 2 不眨眼的眼睛——监控系统

### 无处不在的"眼睛"——监控系统看管你的家

**小故事**

**无所不在的"眼睛"**

李先生搬迁到广州番禺区，由于工作忙，平时也不常在家。有一天，李先生回家后，看到房内大厅都有被搬动过的痕迹，心里一沉，立刻明白家里失窃了。可是李先生并不慌张，报案后，警察很快就来到了李先生家中，调查取样后，李先生将一盘录像带交给警察，没过几天，警察便将小偷逮捕归案，不仅如数归还李先生所有被盗的物品，还查出了周围的邻居以前被偷的东西，原来这小偷是这个小区的“常客”啊！

这是怎么回事呢？原来，李先生搬到新小区后，便给新房安装了视频监控系统，以防家里遭贼劫，李先生给警察的录像带便是监控录像下来的小偷作案经过，当然也拍下了小偷的本来面目。这样，警察就掌握了有力的证据，顺藤摸瓜，很快就将小偷抓获了。

监控系统“记录”着小偷的行径

不知道你家有没有被小偷光顾过的经历，那种气愤而又无奈的心情是可以理解的，尤其是不能看到小偷的作案经过，眼睁睁地吃了个哑巴亏。每个家庭都不希望自家被盗，虽说现在家里不会放太多现金，但其他贵重物品仍需多加防范，俗语说：“不怕贼偷，就怕贼惦记。”要想抓住小偷，最有效的办法就是能识别小偷的本来面目，只有像小故事里的李先生那样，通过监控系统看到小偷的作案经过，才能更容易抓住小偷。

## 一切尽收眼底——它是如何监控的

监控给人们印象最深的无非就是那颗显眼的摄像头了，这其实仅仅是监控系统的一个外在部分，要完成整个监控过程，还需要其他部分的支持，那么它到底还有哪些部分呢?

监控系统主要由3个部分构成：监控摄像头、电缆和作为显示用的电脑或手机。监控摄像头负责摄录现场画面；电缆是作为传递信号用的，除此之外，也可以采用无线传递；由于是家庭使用，无需采用商业监控系统的电视显示墙，所以家庭一般采用个人电脑或手机，只要能使电脑或手机与监控摄像头形成局域监控网就可以了。虽说监控摄像头不会说话，但它却能静静地在一旁“冷眼观察”，任何人的一举一动都尽收眼底。

监控系统包括监控摄像头、电缆和显示设备

延伸阅读

### 视频监控系统的发展历史及趋势

视频监控系统的发展经历了模拟视频监控、多媒体监控和网络化数字视频监控3个不同阶段。其中模拟视频监控经过几十年的发展，技术成熟，系统功能比较强大，但只适用于较小的地理范围，应用的灵活性较差；多媒体监控以高性能的多媒体工控机为核心，采用模块化结构，将主控端的全部设备集成为一体，系统较好地解决了模拟视频监控系统的缺点，功能强大；网络化数字视频监控简单地说就是将传统的模拟视频信号转换为数字信号，通过计算机网络来传输，通过智能化的计算机软件来处理，系统将传统的视频、音频及控制信号数字化在网络上传输，实现了视频/音频的数字化、系统的网络化、应用的多媒体化以及管理的智能化。

前端一体化、视频数字化、监控网络化、系统集成化、管理智能化是视频监控系统公认的发展方向，而数字化是网络化的前提，网络化又是系统集成化的基础，所以，视频监控发展的最大特点就是数字化、网络化、智能化。

## “眼光独到”——量身打造监控系统

看似复杂的监控系统，其实也可以自己DIY的。在部署属于你家庭的一个完美的视频监控系统之前，我们需要考虑一些因素，如预算、部署难度和监控功能等，按照制定的预算计划购买物美价廉的材料。

首先是家居敷线：最好采用智能家居敷线，确保线路为“活线”，即可以通过面板或过线盒直接拉出来的线，既便于后期的维护和升级，又为日后组建家庭线路网络提供方便。

其次是显示屏：将电缆插头接入电脑或电视，并对显示终端进行必要的设置（如模式切换、分辨率等）。如果是无线连接的话，用户可以通过监控计算机或手机对布防现场进行实时监控，监控平台是运行的监控终端软件。

监控系统按监控范围的大小可划分为不同的类型

最后就是摄像头的安装：安装支架，准备好工具和零件（如电钻、小锤之类），按事先确定好的安装位置，做好检查工作。拿出摄像头（注意不要碰镜头和传感器）并将其安装固定好。然后再用视频电缆将监控摄像机与控制主机或监视器相连接，确认牢固后接通电源，连接主机或现场监视器，调好监控范围和光圈焦距。虽说购买的是同一种监控摄像头，但它们的岗位不都一样，拥有着不同的监控“眼光”。

**延伸阅读**

### “医治”监控系统

人生病要去医院，机器坏了需要进行维修，如果监控系统出现故障了又如何应对呢？系统是由各个部分组成，各个结构的正常运转才能使整个系统正常工作，但“天有不测风云”，所以，我们也要懂得如何“医治”监控系统的“毛病”。

一般来说，监控系统的故障问题主要出现在摄像头、电源和相关设备信号干扰上。电源不正确大致原因是供电线路或供电电压不正确、功率不够，因此，在系统调试中，供电之前，一定要认真严格地进行核对与检查，绝不要掉以轻心。由于某些设备的连接（如摄像头）有很多条连接线，若处理不好，特别是与设备相接的线路处理不好，就会出现断路、短路、线间绝缘不良、误接线等导致设备的损坏和性能下降的问题。在这种情况下，应根据故障现象冷静地进行分析，判断在若干条线路中是由于哪些线路的连接有问题才产生那种故障现象。这样就能把出现问题的范围缩小了。如确属产品质量问题，最好的办法是更换该产品，而不应自行拆卸修理。

监视器上出现木纹状的干扰。这种干扰的出现，轻微时不会淹没正常图像，而严重时图像就无法观看了。这种故障现象产生的原因较多也较复杂，大致是由于视频传输线的质量不好或由于供电系统的电源受到干扰而引起的。这时就需要对传输线路进行排查，同时要保持操作控制设备的正常运转。

## 3 无形的卫士——报警系统

**小故事**

### 不在家，你也能抓贼

李先生是某公司的高管，为了事业到处奔波，平时很少有时间跟家人团聚。去年“十一黄金周”，李先生带着妻子孩子去广州市内景点游玩一番，如莲花山、陈家祠以及长隆欢乐世界等等，好好地放松一下。正当大家玩得正高兴的时候，李先生袋中的手机突然响起来，这可不是平常的短信或电话铃声，而是家里的报警系统的警报声。

从手机的信号显示来看，家中果然进了小偷。为了稳住小偷，以免小偷惊慌失措逃离现场，李先生通过手机远程将室内“120”的报警声关闭，并立即给小区保安和当地派出所打电话，请他们尽快赶往自己家中，将现场包围起来，以免小偷逃脱。同时，李先生也和家人一起赶紧回到家去，在车上通过报警探测器发回来的信号，确定小偷目前所在的位置，并将信息及时告知保安和警察。等保安和警察形成对房屋的包围之势后，李先生又通过手机拉响了室内的警报声，等他赶到家中时，小偷已被警察逮捕了。原来小偷被突如其来的刺耳警报声所吓倒，再加上做贼心虚，正急忙往外跑时，却发现自己已被重重包围了，只得束手就擒。

事后，李先生在与警察交流备案时，感叹道：“多亏了这些报警探测器，这次才能实现远程抓贼，否则后果不堪设想啊！”

报警系统助你实现“远程抓贼”

作为家庭的主人，我们不可能时时刻刻都待在家里，即便是在家，也不可能同时看到房屋的所有角落，如果房屋有异常侵入，能有一种装置及时通知你的话，那可就高枕无忧了。现在，我们的安防报警系统就有这样一个专门的“通报员”，它就是我们在这里要介绍的报警系统。

如果说监控系统是“眼睛”的话，那么报警系统就是一张“嘴”了，作为防盗信息的“监督员”，报警系统就是家居的“私人110”。由于探测器一般体积较小，位置比较隐蔽，就像一个隐形卫士，给你的家庭布上一张无形的天罗地网。

## 警报一触即发——它是怎样报警的

大家都知道平时抓贼要打电话报警，可家里的警报又得靠谁呢？嗯，想必你已经猜到了，它就是报警系统了。可这位神秘的“警报员”肚子里到底有什么神奇的东西能让它这么敏感而又及时地给主人报警的？它又是如何成为数字家庭的忠诚卫士呢？

报警系统通常都是由探测器（又称报警器）、传输电缆（或者无线信号）和报警控制器3个部分构成，它是采用物理方法（比如直接接触）或电子技术（比如红外线探测），自动探测发生在布控监测区域内的侵入行为，产生报警信号，并提示户主发生报警的区域部位，它是预防抢劫、盗窃等意外事件的重要设施。

报警系统既然这么重要，那当然得好好保护，所以报警探测器除了能探测异常侵入行为，还得有防拆动、防破坏的功能；另外它还得具有一定的抗干扰措施，例如：防宠物和小动物骚扰、抗因环境条件变化而产生的误报干扰等。

报警系统是由报警控制器、电缆和探测器3个主要部分组成的

**延伸阅读**

### 如何选购防盗报警器

由于市场上的防盗报警产品种类繁多，良莠不齐，鱼龙混杂，价格从两三百元到几千元不等，一时间让用户无从选择。更有不少用户因选购了劣质产品而饱受“误报之苦”。那么，怎样才能为自己选购一套功能实用、价格实在、质量可靠的防盗报警器呢？

首先要看产品质量：包括产品的合法性、有无厂家信息、质量的保证条款；其次要看产品的实用性，选用防盗报警器要结合建筑物面积、构造特点、财物价值、周围环境等多重因素考虑，既不能一味追求多功能或高价格，也不能一味追求低价格，最重要是合用就好；最后得要有完善的售后服务，防盗报警产品由于其专业性和特殊性，并不能像其他家用电器一样即买即用和使用简单，如果不是经过专业人员安装和调试，它在使用过程或多或少会出现问题，因此，用户在选购产品时必须注意产品提供商能否提供配套的售后服务，否则难以保证你能长期有效使用所购买的防盗报警产品。

## 报警也要因地制宜——合理安放报警器

既然报警系统这么重要，那我们是不是在家里每个角落都得安装报警探测器呢？答案当然是否定的。这样不仅影响家居美观，还会造成资源浪费，甚至会对日常生活产生不必要的麻烦。所以选择报警系统既要满足家庭需求，又能物尽其用，总归一点就是需要合理配置，报警也要因地制宜。

每个报警探测器都有自己的“职责”

首先我们得根据房间情况确定需要防范的范围。阳台和大门处于最容易受到入侵的位置；然后就是厨房、书房的窗户（由于书房和厨房平时一般处于无人状态，特别是晚上一般空置，容易成为窃贼的入口）；最后就是主卧室、儿童房和卫生间。

其次确定防区和每个防区的防范方式及设备。在清楚容易受到入侵的位置和区域后，应该根据你的周边环境、小区保安措施、家庭环境等因素以及你的经济情况决定设防的点数（当然是对所有的容易入侵防区全部设防最好）。我们一般会对以上区域全部设防，进行各种不同的防盗设备配置，你可以根据你的具体情况增减相关设备。

最后选择相关产品并进行安装。

目前市场上家用报警系统品种繁多，价格多样，如何选择报警系统是摆在人们面前的一项难题。首先，我们要做到货比三家，看重产品质量及信誉；其次，要根据家庭需要看重产品的实用性；最后还是看产品的售后服务，以便在日后维修时减少不必要的麻烦。

当然，家用安防报警系统的安装要求有一定专业能力，普通用户在自己安装时遇到困难，应该咨询专业人士，或者直接交给安防用品公司安装，这样可以减少不必要的麻烦。总之，在选购家用报警系统时，要做到经济实用，其中有一点需要注意的是，安全防范类的产品，在注重新技术新产品的同时，更应该注重稳定、成熟的常规可靠产品。

产品购买需谨慎挑选，量力而行

## 科技小档案

### 模式切换报警系统

你喜欢一成不变的生活模式吗？家庭是我们生活的港湾，谁都希望生活能像手机模式一样可以来回地切换。虽然目前我们不能自由地切换生活模式，可我们能自由地切换报警系统的模式，看似严肃古板的报警系统有哪些模式呢？一般来说，家庭报警系统提供以下几种工作模式：

防御报警模式。这是使用最多的一种模式，它指的是户主离家前按动设防键，将报警系统设置为工作状态，让系统布防，这样就使得户主不在家时，屋内的所有警报器形成内外防御系统，使房屋成为警报防区。户主回家后，可以将它设为撤防模式，以防止发生自己及家人误闯防区而造成的麻烦。

隐形报警模式。该功能是指户主在遭歹徒挟持时通过特殊设置，使报警系统能够执行的一种假撤防功能方法，给歹徒造成报警已解除的假象，使歹徒的戒备放松，但此时系统仍然能将报警信息发送出去，以求得警方或附近居民救援。

急救报警模式。这项功能主要针对在家独处的病人或老人以及小孩，该功能一般设计一种紧急报警按钮，当遇到紧急情况时（如突发疾病），只要按动该报警按钮便可触发紧急求助报警功能，该功能将拨通预先设定的电话号码以语音方式及时通知家人或通知小区监控中心甚至相关医院，以期得到他们的紧急救助，争取救援时间，避免不必要的损失和伤害。

当然，家庭报警系统还有其他的相关的个性化功能，随着科技的进步和社会的发展，家庭报警系统在不久的将来会按照你的家庭需求进行设置，成为你家庭忠实的“警报员”。

# 三 数字家庭司令部
# ——智能控制系统

**小故事**

## 智能生活，一键搞定

周六上午，妮妮去小梦家，在小梦房间里一起玩拼图游戏，到十点半的时候，小梦突然想起卡通频道正在播放自己爱看的动画片《喜洋洋和灰太狼》，小梦立刻拿起自己房间书桌上的智能遥控器，轻轻一按，小梦房间里的空调关上了，这时，客厅电视机已经传来了灰太狼说话的声音，当小梦和妮妮从房间走到客厅时，发现客厅里的窗帘正徐徐落下，灯光也在慢慢调整到最适宜看电视的柔和度，客厅的空调开始吹来阵阵凉爽的风。在一旁的妮妮将这一切都看在了眼里，感受着这一神奇变化的妮妮以非常好奇的眼神打量小梦手里的那个遥控器，她忍不住问小梦："这个遥控器为什么这么神奇？只按一个键不仅电视机打开了，而且空调、灯光也会同时打开，窗帘会同时拉上。为什么遥控器在房间里，却能同时遥控客厅的电视、窗帘、灯光和空调？"小梦听后笑了笑，以一副得意而神气的口吻对妮妮说："这你就不懂了吧，我手上这个遥控器可不是一般的遥控器哦，它是一个智能遥控器，一个按键能同时控制多个家居设备，而且还能远程遥控呢。"

一个遥控器同时控制多个家居设备

此情此景，让妮妮很惊奇，如此智能的家到底是如何实现用一个按键控制多个家居设备的呢？又是如何实现远程遥控的呢？别着急，以下我们将为你逐个揭开谜底。

其实，智能家庭的关键在于拥有一套家庭智能控制系统。一个完整的家庭智能控制系统是由家庭控制器、音乐、窗帘、灯光照明、温度等各个家居子系统和信息传输渠道组成的。家庭智能控制系统犹如我们人类的身体，其中，家庭控制器就像人的大脑操控着整个家庭；用来监控音乐、窗帘、灯光照明、温度等各个家居子系统就像人的手足为家人提供各种便利、舒适的服务；信息传输渠道则犹如一个人的神经网络，在身体各部位之间传递着各种信息，让整个身体得以健康运转。

## 1 精密智能的“大脑”——指挥控制器

### 随时随地遥控你的家——家庭控制器

**小故事**

#### 远程遥控你的家

一个寒风凛冽的傍晚，小刚放学后独自乘快速公交B1回家，坐在车上的小刚一边欣赏着窗外美丽的羊城风景，一边忍受着饥饿，听着自己肚子“咕噜咕噜”响个不停，小刚心想，要是回到家能立刻吃上热气腾腾的晚餐该多好啊，可是现在家里没人，爸爸妈妈下午都出差了，谁给自己做饭呢？就在这时，小刚脑海里突然闪过一个念头：中午离家之前妈妈不是已经为我淘洗好了大米放在电饭煲里，并且特意为我炒好菜放在冰箱里，现在只要让电饭煲开始煮饭，回家再花几分钟热一热菜就可以吃饭了吗？想到这些小刚立刻打开手机，登陆“U-Home”软件，轻轻按下“回家模式”，几分钟后，当小刚回到家打开厨房的电饭煲时，一缕清香从电饭煲里冒了出来，再用微波炉热好菜，小刚马上就吃上了热乎乎的晚餐，感觉十分惬意。

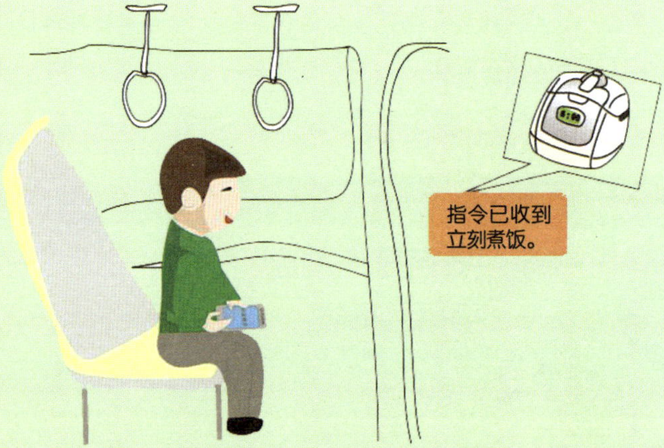


手机上网远程遥控家居设备

不在家却能用手机控制家里的家电，是不是让你感到很神奇呢？其实远程遥控的秘密就在家庭控制器中。家庭控制器，能够接收各种控制命令信息、各种家电设备状态信息、家庭环境信息、各种家电设备设置信息，对各种信息、数据进行存储和加工处理，将处理结果向各家居子系统发出控制信号或通过家庭网络向外界发送各种数据和信息。家庭控制器，能够帮助人们轻松地管理家用电器，让家电实现智能照明、高清电视、视频监控等高科技完美生活。通过网线和电话线与外界连通；通过各种线缆与各个智能家居设备如智能电视、智能空调、智能窗帘和智能灯光连接；通过各种人机界面与人沟通，并能按照人的指令和软件所设定的程序对家居设备进行控制；通过软件平台实现对各个系统的集成控制，比如照明控制、供电控制、室内无线遥控、防盗报警、家居安全保障、温度光照检测与调节、电话远程控制及互联网远程遥控等。只要有了家庭控制器，无论你在何时、无论你在何地，都能实现对家的控制。

家庭控制器的款式有多种，除了触摸屏式，还有立式、卧式和机箱式，你可根据不同的需求选择使用不同款式和类型的家庭控制器。

家庭控制器

## 延伸阅读

### 家庭控制器的选择

家庭控制器的款式有多种，除了触摸屏式，还有立式、卧式和机箱式等，你可根据不同的需求选择使用不同款式和类型的家庭控制器。

立式家庭控制器是一款应用广泛的家庭控制器，除用于家庭控制外，还可以用于宾馆、酒店等。它特别注重娱乐影音系统，支持各种流媒体影音娱乐等技术。

立式家庭控制器

卧式家庭控制器包括台式及机柜式，是专为大户型设计的家庭控制器，卧式家庭控制器性价比较高，而且安装简单、灵活。

卧式家庭控制器

机箱式家庭控制器的数据处理能力强大，具备性能稳定、通信速度快、网络结构简单、系统扩展性强、易操作和易维护等特点。机箱式家庭控制器可控制所有厂家、所有品牌的智能家居、网络家电、家庭自动化的产品和系统。

目前国内市场有多个品牌的家庭控制器，你可以根据需要选择一款外形精美、性价比高又容易操作的家庭控制器，家庭控制器的安装过程与安装Windows系统一样简单。

机箱式家庭控制器

延伸阅读

### 家庭控制器能实现怎样的智能控制呢

集成化的智能家庭控制器可通过触摸屏、电视界面、红外触屏和本地开关等控制界面控制多个家居设备。实现定时控制、场景控制、报警联动、网络控制、短信控制等。家庭控制器兼容了目前几乎所有的通信协议，支持3G（第三代移动通信技术）、支持PDA（掌上电脑技术）、支持ZigBee（紫蜂短距离无线技术）等多种技术，与所有智能厂家的产品互相兼容、随意组合、无限拓展。家庭控制器可以控制所有厂家、所有品牌的智能家居、网络家电、家庭自动化的产品和系统，包括智能照明、电动窗帘、电器控制、高清电视、红外转发、报警输出、电动门窗、智能门锁、网络抄表、家庭安防、家居控制、远程控制、可视对讲、感应探头、煤气控制、户外照明、视频监控、网络控制、定时控制、场景控制、报警联动以及物业管理等。

### 触摸屏式家庭控制器怎样使用呢

触摸屏式家庭控制器最重要的显示界面是主菜单，你可以从主菜单进入任何一个子菜单。通过远程网络、电视屏幕、3G手机都可实现随时随地观看、操作屏幕，只要在你的电脑、电视或者手机上安装“U-Home”这样的家居控制软件，登陆家居控制软件便可自如地设定你所需要的各种场景，使不同的家居设备进行自由的组合。触摸屏式家庭控制器内含多个功能模块：“控制”、“通话”、“查询”、“设定”、“附加”，让你一进家门就有种随心所欲的感觉。“回家模式”、“离家模式”、“客厅模式”、“房间模式”……可随意进行各种模式的设定，营造自己喜欢的家庭氛围。

## 智能生活一键搞定——智能遥控器

看完本章开头的小故事，你是否想知道小梦用的那个智能遥控器到底长什么样子呢？又是如何实现用一个键来控制多个家居设备的呢？

智能遥控器

一个智能遥控器能够控制所有（网络）家居设备，包括电视机、电动窗帘、空调、灯光、微波炉、DVD播放机和数字录像机等。智能遥控器通过家庭控制器能控制一个或多个设备。不仅可以发送指令控制单独的音频、视频设备，还可以触发你已经在服务器中设定了的任何事件。例如，一个标记DVD的按钮可执行下列功能：打开DVD播放器，打开电视机和投影仪，同时调暗灯光，设置室温，关闭电动窗帘等。

要想用智能遥控器上的一个按键同时控制多个家居设备，操作非常简单，只要你拿起遥控器，点开“设置”项，不仅可以添加你想要的场景，例如“回家的场景”、“离家的场景”、“用餐场景”、“娱乐场景”、“Party场景”、“迎客场景”、“影院场景”等等，还可以在不同的场景下面添加不同的智能家居设备，如“电视机”、“电动窗帘”、“空调”、“灯光”、“微波炉”、“DVD播放机”和“数字录像机”等，通过这样的设置，智能遥控器上会自动生成各种不同场景的模块按钮，设置完成后，你只要点开这些按钮中的任何一个，智能生活便能“点之即来”，真正地实现智能生活，一键搞定。

# 2 被操控的“手足”——家居子系统

指挥控制器类似人的“大脑”，专门负责发出命令，而电视机、电动窗帘、空调、灯光、微波炉、DVD播放机和数字录像机等家居设备（也称家居子系统）类似人的被操控的 “手足”，专门负责执行命令。揭开了隐藏在精密智能的“大脑”——指挥控制器中的秘密，下面让我们一起走进家居子系统，共同来揭晓电视机、电动窗帘、空调、灯光、电饭煲、DVD播放机和数字录像机等家居设备是如何执行命令给你营造便捷、舒适智能生活的秘密。

## 不同的房间不一样的音乐——音频系统

**小故事**

### 你听你的“邓丽君”，我听我的“李宇春”

小梦上初中了，特别喜欢听李宇春的歌，每天放学回家之后都会在家里大声地播放李宇春的歌，而小梦的妈妈也很爱音乐，但她喜欢听邓丽君的歌，而且每天傍晚她都会一边做饭一边在客厅的DVD播放器上大声地播放邓丽君的歌，爱好不同，小梦和妈妈之间的矛盾就来了，小梦不喜欢听到邓丽君的歌，妈妈也不喜欢听到李宇春的歌声，可是两个人每天都要听音乐，该怎样协调呢？情急之下，聪明的小梦想到了家里的智能音频系统，她拿起智能遥控器点开“音乐设置”项，将自己的房间定义为“小梦的房间”，并在“小梦的房间”下添加“李宇春的歌”，将客厅定义为“妈妈听音乐”，并在“妈妈听音乐”下添加“邓丽君的歌”，并对自己房间和客厅音乐的音量进行设置，设置成两个人互不影响的音量分贝，这样在妈妈每天听邓丽君歌曲的同时，小梦也能自己一个人安静地享受李宇春歌曲带来的快乐了。

通过音频系统来管理和分配整个家的音频，家庭控制器拥有最佳音频分配系统的接口，能够提供即时控制的多音源、多输出的全宅音响系统。系统的灵活性使得全宅音响系统可以完全控制不同音源在不同房间里播放。你甚至还可以在家庭控制器上简单地定义动作序列，用音乐来配置整个房子，从预先确定的每个房间不同的曲目、音量大小，到古典、乡村和摇滚，这一切的实现只需要你在触摸屏上按一个按钮即可。

音频系统

**延伸阅读**

### 音频系统的“超链接”

如果你想在厨房做饭时或在餐厅吃饭时，甚至在洗澡时家里分别有不同的背景音乐，那么，你只要对音频系统分别设置为做饭模式、用餐模式和洗澡模式，然后在家庭控制器上会自动生成以上3种模式的“超链接”模块。在设定好之后，只要你用手指在家庭控制器触摸屏上轻轻一按，便能享用轻松美妙的背景音乐系统了。如果你在下班的途中，你的妻子正在家里等着你回家吃饭，而你想在舒缓的音乐声中和你的妻子一起用餐，你只要用手机登陆你的家庭控制器，点开背景音乐控制系统中的“用餐模式”（内含“超链接”），回到家，你便能感受到由音乐带给你的温馨而浪漫的用餐氛围。

除了音频控制系统，灯光、窗帘、家庭影院、家居安防、视频分享和数字服务等家居子系统均能在家庭控制器上进行相应的设置，从而建立起具有不同功能的组合模块，每成功建立一个组合模块，家庭控制器就会自动生成一个“超链接”，无论你用家庭控制器按键还是用手机或网络，都能实现“超链接”的功能。

## 不用蜡烛也能吃“烛光晚餐”——照明系统

情人节到了，情人之间当然少不了浪漫的烛光晚餐，习惯了节俭的妻子想到了一个既经济实惠又不乏浪漫的办法：和丈夫在家里享受烛光晚餐。可是家里没有蜡烛，怎么进行烛光晚餐呢?

谁说必须要有蜡烛才能享受烛光晚餐? 现代的智能照明系统能够让你实现没有蜡烛也照样能享受烛光晚餐，想知道为什么吗? 那就让我们共同走进另一个家居子系统——智能照明系统吧!

照明系统是现在最流行的一个家居子系统，高度的自动化可以提升你的视觉享受、家居品位和生活质量，使家中的每种情调和气氛都有与之对应的照明场景。照明系统通过整合有线和无线的控制方式可以控制室内和室外的照明，为家居增添附加价值，为你提供更为方便、安全、节能和舒适的生活。灯光有很多种控制方式，如“开关”、“房间”或“依照动作序列”，“动作序列”可以是一些系统程序控制的事件，如“日出”、“日落”或设定的其他触发机制。

照明系统

在智能照明系统中，多种控制方式合并配合场景控制，让照明不仅仅是照明，而且还是家中调节气氛的重要环节，可控制多路灯具，而且任何一个房间的按键开关均可控制其他房间的灯具，因为是无线通信的。在家里，通过智能照明系统，你可以充分享受各种场景带给你的各种心情。

## 四季变化冷暖自知——温控系统

**小故事**

### 善解人意的智能空调

妮妮家住美丽的羊城广州，妮妮家一年四季都要用空调，可是每次打开空调都要根据当天的气温来调整温度，非常麻烦，妮妮的爸爸发现通过家居子系统中的温控系统，可以很轻松地解除多次设置空调温度带来的麻烦。妮妮的爸爸根据广州一年四季户外不同的平均气温，在家庭控制器上设置了室内一年四季最适宜家人的温度。这样只要家里的空调打开了，便能给你吹来最适宜生活温度的空气，根本不用担心冬天会吹出冷气来。

温控系统

通过家庭控制器的集中监控，你可以根据你的家庭日程和生活方式，对空调自主地设定你每一天的室内温度，调节家里的冷暖系统。温控系统，不仅可以提高你的家居生活舒适性，还可以显著节约能源，减少你不在家时由于温度的冷暖变化而造成的能源浪费，这一系统的操作只要在家庭控制器上设定好你认为舒适的冷暖参数即可。

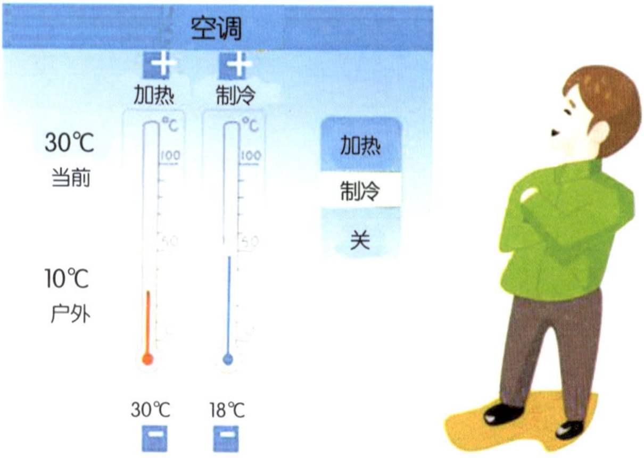


智能空调控温

## 最佳搭档——窗帘系统

在所有家居子系统中，窗帘系统具有“最佳搭档”之称。电动窗帘只执行两个动作：拉上和打开，但它能根据你的需要和不同的场景准确无误地执行拉上或打开的动作。当你按下“起床模式”之后，窗帘系统会很自觉地为你打开卧室的窗帘，让早晨暖暖的阳光照进你的房间；当你按下“睡觉模式”之后，它也会自动为你拉下，给你营造适合睡觉的场景；当你想看电视的时候，智能窗帘系统会随着电视机的打开而将窗帘拉下，为你营造一个最适合看电视的光线环境……

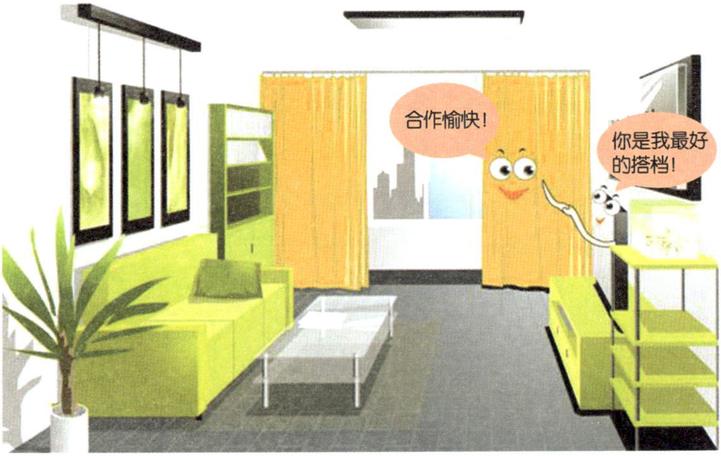


窗帘系统

电动窗帘的设计弥补了传统的手动操作，可以进行定时设置，极大地方便了你对采光、照明和场景控制。手动、按键、遥控、远程，全无线控制窗帘的开、关、停，让你在家中的任何角落都可尽情地操控窗帘，享受阳光的沐浴，体会自然光线播撒的惬意。

延伸阅读

**家居子系统之间如何实现联动工作呢**

家居子系统的组合并非简单的拼凑，而是非常紧密、有机地结合在一起，各节点之间有着非常严谨的通信协议，互相都能“听”得懂对方的语言，各子系统均与主机即家庭控制器相连，但各子系统均可独立工作，只有产生与其他子系统联动需要时才由主机进行协调其他子系统，而并非离开主机不能工作，如果某子系统或某节点出现问题，能够迅速地恢复传统控制方式，这是因为智能控制系统的布线方式非常科学，采用分布式布线结构，而部分独立工作的同时又能够互相协调动作，如需其他子系统协调动作时只需发送一个请求指令即可获得兄弟子系统的联动动作。

家居子系统采用模块化的设计，具有很强的可扩充性，所有的模块都具有连接家庭总线的能力，各个子系统之间能形成紧密的联系；各家居子系统还可形成智能网络平台，从而构建起完整的智能家居生活环境，形成综合的智能化家居控制系统。

## 3 遍布全家的“神经网络”——信息传输渠道

通过前面两部分内容的介绍，相信大家对家庭智能控制系统的全貌有了一定的了解：在整个智能控制系统中，家庭控制器和智能遥控器就像人的“大脑”，指挥控制着各个家居子系统，让各个家居子系统协调运转，给你营造出便捷、精确、美好的智能生活。为此，你可能要问：“家庭控制器和智能遥控器是如何控制各个家居子系统的呢？它们之间是否有传递信息的渠道呢，否则‘大脑’发出的命令‘手足’怎么能够接收到呢？”下面，将为大家介绍智能控制系统中的最后一部分——信息传输渠道，为大家解开这些疑惑。

## 智能的家畅通无阻——家庭网络

**小故事**

### 一呼百应，随心所欲

一个炎热夏日，本打算带尼克去游泳的爸爸因阳光太猛烈而突然改变主意，取消了去游泳的计划，陪尼克在家一起看《喜洋洋和灰太狼》。当爸爸拿起沙发上的遥控器对准电视机轻轻按下一个按键后，电视机打开了，这时，客厅一角的立式空调也打开了，爱思考的尼克感到非常好奇，跑过去问爸爸：“爸爸，你的遥控器没有对准空调遥控，空调为什么会自动打开呢？”

爸爸看着爱思考的儿子会心一笑，对尼克说：“因为我们家安装了家庭网络，电视机和空调，还有DVD播放器、灯具、窗帘和微波炉都连上了家庭网络，我们家的空调也因此有了一

家庭网络

个新的名字，叫做网络空调，网络空调和智能电视机、灯具、电动窗帘、智能微波炉之间是彼此互通信息的，因此，我只要任意遥控其中一个家居子系统，其他家居子系统也能同时作出相应的反应，无需逐个遥控了。”听了爸爸的回答后，尼克感叹道：“家庭网络果然让整个家庭变得高智能了！”

家庭网络

智能控制系统为每个家居子系统预设了网线端口，不仅方便独立进行网上冲浪，还能实现更高级的网络化家庭控制。同时，家庭控制器上也设置了多个网线端口和连接各种协议的接口，例如连接上网络电视，不仅可以实现用电视上网，还可以像电脑一样，实现对家庭的智能控制。此外，智能控制系统还能为每个家庭建立独立的家庭网站，从而为我们提供了一个便利的家庭办公平台。

因此，要实现家居子系统的智能控制并不困难，只要你家里拥有网络，用网线将控制中心——家庭控制器和被操纵系统——家居子系统连接起来，你的智能化家庭梦想便能触手可及了。你的任何需要只要在家庭控制器上进行设置，相应的，只要你轻轻地按下手中智能遥控器的按键，便可自如地控制你家里所有的家居设备了。在家庭控制器与各家居子系统之间建立联系之后，要实现对家居设备的远程控制也很简单，只要在电脑上通过家居智能控制软件登陆你家的家庭控制器，点击相应的家居子系统便可实现。网络，让智能的家畅通无阻。

## 我的家庭我掌控——自己动手布置空间

当你拥有了一套智能控制系统，便捷的智能生活便可呼之即来，现在，你是否想尝试一下亲自动手布置一个属于自己独特风格的家呢？那么请根据以下步骤一起来DIY吧！

对家中的各个子系统，我们每个人都有不同的侧重点，想实现自动化取决于我们自己的目标，可以让家庭更方便、更安全，或者可以节省水电费。你可以根据自己的需要选择照明系统、分布式音频系统、窗帘系统、监控系统、安防系统、温控系统和灌溉系统等。

在选择好需要安装的各个家居子系统之后，你还要决定这些自动化设备的具体安装位置，比如你想要把音响安在哪里，摄像机的位置在哪好，你想通过系统控制哪些音、视频组件。当然，你可以先做一部分，后做其他的部分， 现在的智能家居设备给人们提供了充分的灵活性，以便分阶段实施。不过值得注意的是，你所选择的家居子系统必须是同一个厂家生产的，例如你选择了海尔家庭控制器，那么你的家居子系统也必须全部选择海尔品牌的。

确定了所有主要组成部分的位置，对新建的住宅，你拥有完全的灵活性，可以将设备部件安装到任何你想要安装的位置，通常布线以后再进行安装，这是相对固定的施工流程；如果是改造，要稍微复杂些，但通常只要改变有限的布线就可以了。

在你家里把所有部件和设备（灯的开关、恒温器、安防面板、音频分配系统、摄像机等）安装到位后，将家庭控制器连接到宽带互联网，而所有家居子系统则连接到家庭控制器的各个端口。将房间及设备设置在家居控制系统中，并用你的想法来命名它们。用你想要的控制方式来定义各种事件，将它们编写入家庭控制器，使你的家更有趣、更方便、更安全、更节能降耗。

智能遥控的家

## 科技小档案

### 什么是 ZigBee技术

ZigBee是IEEE 802.15.4协议的代名词。根据这个协议规定的技术是一种短距离、低功耗的无线通信技术。这一名称来源于蜜蜂的八字舞，由于蜜蜂（Bee）是靠飞翔和“嗡嗡”（Zig）地抖动翅膀的“舞蹈”来与同伴传递花蜜所在方位信息，也就是说蜜蜂依靠这样的方式构成了群体中的通信网络。其特点是近距离、低复杂度、自组织、低功耗、低数据速率、低成本。主要适合用于自动控制和远程控制领域，可以嵌入各种设备。简而言之，ZigBee就是一种便宜的、低功耗的近距离无线组网通信技术。

# 四 带你走进指尖生活——智能家电

**小故事**

### 美妙的早晨

清晨，和往常一样，舒缓的音乐从房间的每个角落流淌出来，音乐中清脆的几声鸟叫、潺潺小溪流水声，通过听觉系统传达信号给脑部，轻轻地唤醒了正在沉睡中的晓西。室内的窗帘自动徐徐打开，灯光自动调至适宜的亮度，晓西感到了阳光的温暖，美美地伸了个懒腰。此时，安防系统停止监测，豆浆机、面包机自动开始工作，为晓西准备着丰富可口的早餐，有品位的生活，每一刻都是最美好的。在音乐中梳洗完毕，香喷喷的咖啡已经自动煮好了，新的美好的一天开始了。

2010年上海世博会吸引了全世界的目光，“城市，让生活更美好”的主题更是将未来美好生活诠释得淋漓尽致。世博馆里的“高智商”家居频频亮相；你如果想从冰箱里取食品，甚至都不需要打开冰箱门；安装在冰箱外部的显示屏也可直接提供从存取食物到网上订购等一条龙服务……

一切都显得那么的方便舒适。智能家居亮相世博园，预示着智能家居离人们的生活越来越近。我们不必再走到开关前去打开灯，也不必去四处寻找电视遥控器，不必费力地拉扯几个窗帘让你气喘吁吁，也不必跑到分机旁去为客人开锁。这一切只需要舒服地躺在沙发上，轻轻触动手指尖，一切便会轻松解决，你唯一要担心的是，是否因为太过于享受而四肢退化。硬件的发展，软件的开发，智能家居“软硬兼施”让一切变得更容易，从此“指尖时代”到来。

你的家智能了吗

# 1 打造便捷生活——智能家电时代

这是一个强调“会思考”的年代，人要思考，才不会被社会淘汰，这是妇孺皆知的道理。然而，家电作为传统意义上冷冰冰的生活工具，也要赶潮流，走“思”潮，多多少少让人有些诧异。其实智能家电早已经不是什么新名词，但是作为高端产品，一直是少数人的专利，现在，随着科技的日臻成熟，智能家电逐渐开始走入了寻常百姓家。

“科技与生活的结合，正成为世界潮流。”结束不久的上海世博会向人们展示了这样一种梦想——冰箱可以打电话，可以视频聊天，可以显示菜谱和做菜操作指南；三网电视可以实现手机、电脑、电视之间的三屏转换，可以实现家庭娱乐中心的三网融合；而对电视机本身，更有3D电视、无尾电视等“花哨”时髦的词汇来吸引观众眼球。在这里，家电企业似乎从家居生活的角度真正阐释了“城市，让生活更美好”的实践意义：智能、绿色的家居才是美好生活最现实的出发点。

## 智能、简洁与绿色——家电的发展方向

作为领先技术的预演盛会，在本次上海世博会中，家电企业的展示无疑满足了观众对于家电的期待方向：更加智能、简洁与绿色。

“太智能了！太适合我们这种不会做饭的年轻人了！”你一定有过这样的经历，在2010年上海世博会的“天下一家”馆，常常听到观众在西门子展区的感叹。作为全球领先的家电企业，西门子的智能特点十分抢眼：冰箱可以通话、视频聊天，可以显示菜谱及烹饪指南。这些看似只有电脑才能实现的功能，却可以在一台冰箱上实现——一款命名为“I–Fresh”的冰箱正是西门子家电在“天下一家”这个馆展示的概念性智能产品。无疑，除了高品质保证，智能程度成为观众青睐这家老牌德国机电公司的原因。更加智能化，让家电可以与人对话，成为未来家电的发展方向，而这点，在海尔等民族家电品牌中也有较多体现。

与人们对苹果电子产品的热爱源自其极为简洁的外观设计相似，在家电行业，简洁设计也成为吸引人们眼球的亮点。而值得一提的是，由于对智能特点的追求，家电的简洁设计不仅关乎设计本身，也融合了更多信息环境的因素。

2010年1月，海尔在美国CES展上即展出了全球首款“无尾电视”——省略了电源线、信号线、网络线的3D电视。而从外形来看，这款电视机的机身背后，确实没有一般家用电视机冗繁的电源线、信号线的插头，整个机身呈现了一种类似平板电脑般的整洁、干净。据了解，海尔3D技术无尾电视融合了无线传输技术，不用电源线、不用信号线。

家电变精灵，生活更轻松

延伸阅读

## 无尾电视

“无尾电视”是利用海尔国家重点实验室和国家工程实验室的平台与全球顶级专家共同研发的成果，同时采用了与麻省理工学院合作的微波电力传输技术，能够在不借助电线的情况下利用“非辐射性磁耦合共振”原理实现远距离高效微波电力传输，这也是微波电力传输技术首次成功应用于电视接收终端。

对于消费者最关心的安全问题，研究人员表示，这款机器使用的微波技术均无辐射，所有安全参数完全满足国际上的FCC、IEEE以及国内的3C标准，不仅对人体没有任何危害，还避免了插拔电源带来的安全隐患。在保证了绝对安全的情况下，微波供电方式将能够有效解决房间布线杂乱、家电位置固定化、居室墙面被插座破坏等问题，为人们的生活提供更多的便利；同时，还将大量节省布线所用的铜、塑料等材料，节约了资源，减少了污染。

同时采用的WHDI无线视频传输技术则实现了电视与高清视频设备之间的信号无线传输，它能够在5GHz频段传输1080p、1080i和720p等各种高清信号，即市面上的视频最高标准，传输有效距离能够超过30.48米，信号可以穿墙且延迟不超过1毫秒。该技术还可以通过一个信号发射端同时为多个电视接收端发射信号，家庭中各个房间的电视可以视频共享，而不用为每台电视单独配备一台蓝光DVD。

绿色环保，仍然是智能家电的主打点之一。引人注意的是，与以往人们所理解的“绿色即是节能”的看法有所不同，智能家电所展示的“绿色”主题在节能基础上，还体现了“绿色”更人性化的一处改进：家电品质的提升。以西门子电器为例，西门子冰箱所阐述的一种冰箱制冷方式：直冷式制冷方式。据了解，一款采用直冷式制冷方式的272L西门子冰箱，每天耗电量仅为0.57千瓦·时。这种方式的优点在于：不仅可以省电，更能保持食物的新鲜及最接近于自然的口感，有效保持冰箱内储存食物的水分。

而另一种听上去比较“未来”的“3D洗衣机”——3D空气冷凝式洗衣干衣机也体现了这样的绿色含义：它拥有空气冷凝和3D立体烘干两大革命性技术，比传统洗衣干衣机节水超过93%，节电超过50%，节能性能卓越；同时还能防止过干过热，防止衣物变形和损伤。

## 信息时代的家电革命——家电的自动化管控

从家电企业呈现的概念产品来看，智能、简洁、绿色的家电都难以避开信息元素、网络环境的支持。而实际上，以信息融合、资

一键搞定，轻松自如！

源共享为宗旨的“三网融合”项目，还有3G网络建设，也成为家电革命的动力之一：可以远程遥控家电，通过一个遥控终端来实现家电的自动化管控。

在上海世博会上，作为世博园内最大的两个酒店的高清数字电视服务商——海尔三网电视成为世博园家电展示的亮点之一。通过自主研发的多款物联网核心控制芯片，整合电网、通信网、互联网、广电网，实现人与家、人与家电、家电与环境之间的“智慧”对话。

例如海尔三网电视，是海尔最新推出的基于模卡技术平台的动态三网电视，据介绍，它不仅率先实现了互联网、广电网和通信网的三网融合，并可实现三屏互动，随时随地可以利用手机、电脑和电视进行上传、下载、分享。同时，它的专利模卡技术成功实现了“机卡分离”，解决了传统固态电视内置功能模块无法硬件升级的弊端，实现了从软件到硬件的全面升级，从根本上解决了因技术

远程控制家电

发展迅速、电视更新换代所带来的污染和浪费，并可通过不同功能的模卡进行自由组合，随需变身，为人们打造个性化的网络生活。同样值得一提的是，海尔三网电视还采用了目前最先进的三色光源LED技术，与2.48厘米的超薄外观，达到了外观与画质的高品质。

前面所提到的西门子“I-Fresh”冰箱，实际上也是综合利用物联网和3G技术，实现智能控制、远程操作、多方交流、即时把控等功能。综合来讲，三网融合与3G网络条件下的智能家居，实际上是通过这两种方式的信息化，把家庭网（小网）、社区网（中网）、世界网（大网）连接在一起，使用户同时享受互联网的资讯，以及来自社区中网的全方位服务。实现信息时代在实体生活中的功用发挥。

## 2 家家都有“田螺姑娘”——智能家电

智能化的家电点亮了生活每个角落，每个人都希望自己的生活更加便捷和丰富多彩，智能家电就是这种神奇的东西，它真的把传说变成了现实。

20世纪70年代末、80年代初期，一部叫做《小灵通漫游未来》的科幻小说曾风靡一时。弹指一挥间，现代科技所呈现的充满奇思妙想的现实世界，远比科幻小说要精彩百倍。这其中，“智能化”照亮了人们生活的各个角落。

相信许多人小时候都听过“田螺姑娘”的故事，它是中国民间神话故事里的一则经典。传说有个勤劳善良的单身汉，每天劳作很辛苦，有一次在田间拾到一个美丽的大田螺，舍不得吃，就小心呵护地养在自家的水缸里。转眼就过了3年，有天单身汉疲惫辛苦地回到家，竟然发现桌子上摆满了热腾腾的饭菜，他肚子饿极了，不管三七二十一，上桌就吃起来。他边吃边想，会有谁给他煮这么好吃的一桌饭菜呢？他连续几天干活回来都同样是满桌的好饭菜。单身汉感到奇怪，会有谁这样做呢？他一定要弄个明白。

有一天，他像往常一样扛上劳动工具出工去了。过一会儿他偷偷返回家来，躲进家门外偷看个究竟，快到中午时，水缸的盖子被慢慢掀开了，从水缸里走出一位仙女般的姑娘很熟练地做起饭、炒起菜来。很快就摆满一桌饭菜。饭菜做好之后，它又躲进水缸里去了。单身汉心想，今天该不会是我看走了眼？

单身汉惊奇地发现丰盛的饭菜

于是，他连续几天都偷偷躲在屋外看着，结果千真万确，确是一位美丽的姑娘每天在帮他做饭炒菜。他赶紧过去想要问个明白，趁姑娘正在专心做饭时，突然闯了进去，一把将姑娘抱住，并将她锁进房间。他急忙打开水缸盖子，一看傻了眼，怎么那只田螺只剩下个空壳游荡在水中？这水仙般的姑娘难道是这只田螺变成的？单身汉想出个聪明的办法来，他把空螺壳藏到后花园里去。再到房间把姑娘给放出来问个清楚，谁知那姑娘从房间出来直往水缸里跑，当她看见螺壳没了时伤心地大哭了起来。她边哭边给单身汉说出了实情，她说，她是个螺精，因单身汉在前世救过她的命，今生又养了她3年，她是投身来报恩的。单身汉听后好感动， 于是就与这位

田螺姑娘心灵手巧

姑娘结了婚，婚后他们还生下一对儿女。据说他们夫妻一直恩爱如初，日子越过越好，真是个美丽的故事。相信很多人都曾有过这样的念头：“要是自己家也能有一个这样勤劳善干、心灵手巧的佳人

该多好。”如今，随着智能家电产品的兴起，家家有位“田螺姑娘”的美好愿望终于可以实现。

伴随着3C融合、三网融合以及物联网技术应用逐步深入，家用电器在多智能化、自适应化和网络化方向发展的轨道上也日渐提速。无疑，智能家电所带来的影响将是全球性的，结合了尖端科技与人性化设计的智能家电已经从创意概念一步步开始变成现实。在未来几年里，智能家电的部署进程将得到进一步加快。下面，让我们来看看智能家电是如何将我们的家打造成“聪明屋”的！

## 更卫生、更保鲜——智能冰箱

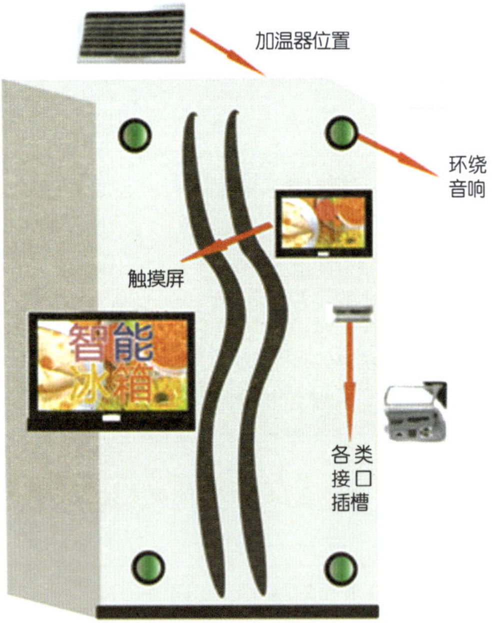

智能冰箱的组成

怎样才能让人们真正爱上厨房呢？随着科技的不断进步，其实只要一台冰箱就可以让厨房变成真正的游乐场，让人流连忘返。传统冰箱单一的保鲜冷冻功能，已经远远不能满足目前时尚的要求了，越来越多新型的冰箱应运而生。

关于“智能”，很多人都不陌生，智能手机、智能计算器等等，市场中各种智能产品早已充斥人们的眼球，2011年，“智能”这一概念也被植入到冰箱市场。其实早在几年前“智能”这个词就存在于冰箱领域，如电脑智能控温等，而在2010年的下半年开始，“智能”被重新定义，一直到今天，“智能”才被视为高端产品的代名词。例如一些产品在门体以及箱体内部设置了传感器，分别测试冰箱外部的温度、湿度变化以及室内温度的变化，根据季节以及使用者的使用习惯自动改变运行模式。比如零度保鲜室，不但可以给食品保鲜，还可以告诉你哪个产品到了保质期。通过冰箱上的温控触摸屏，可以对所有空间进行详细温度操控。

这些当然不能满足时尚的年轻主妇的需求，科技的年代，网络当然是必不可少的，MP3、DVD一个都不能少。观看视频当然少不了大尺寸液晶屏，19英寸才是标准，1 440×900才够时尚，16∶9才够面子，触摸屏是基础。这些设计都让智能冰箱越来越受到人们的青睐。

带有显示屏的冰箱在加载无线网络设备后，可以在厨房轻松听音乐、看视频，还可以根据网络上的视频烹调新式菜肴，边做饭边和朋友视频聊天，多么惬意的事情，厨房成为充满乐趣的地方。说了这么多相信大家对多媒体冰箱已经有了很大的期待吧，下面让我们一起来先看一个小故事，让大家更仔细地了解它们。

**小故事**

### 智能冰箱，把甜蜜带回你身边

小朵和大鹏结婚5年，都在外企的市场部工作。刚结婚的那几年两人喜欢一起下厨，出租屋狭小的厨房里弥漫着小两口的甜蜜；到后来，工作越来越忙，拥有了自己的大房子，可一起下厨的心情却没了。每天经过忙碌的工作，拖着疲惫的身体回到家，一想到还要面对繁杂琐碎的厨房工作，就觉得无聊和头痛。直到有一天，大鹏为厨房添置了一台智能冰箱，一切就变得不一样……

白羊座的小朵大大咧咧、不拘小节。以前，冰箱里的食物放了多久、哪些过期该扔掉了，这些生活细节都需要大鹏提醒。如今，智能冰箱就像一个贴心的帮手，当小西把采购回来的食物放进冰箱后，立刻能在显示屏上看到生产日期和地点、保质期等信息，以此合理安排每天的饮食，再也不用担心食物不新鲜甚至过期而影响家人健康。正在减肥的大鹏每次吃饭时都要计算食物热量，有了智能冰箱，他只要把食物放进去，食物的营养成分和所含能量就一目了然了。尤其让小朵高兴的是，冰箱还能根据食材，自动提供菜谱和制作指南，如果家里缺少必要的食材，它还能与超市联网，随时购买所需食物。这样智能化、人性化的冰箱，让小朵爱不释手，更保证家人拥有健康、营养的食谱。

智能冰箱让厨房的琐碎事变得不再让人头疼

在大鹏出差的日子里，做饭就变成小朵最发愁的事。而智能冰箱不仅能帮小朵管理饮食，更让一个人的厨房也变得精彩。有了智能冰箱，小朵能边做饭边通过QQ和大鹏聊天，还能通过网络视频给远在地球另一边的大鹏展示她新尝试的菜品。从此，即使一个人下厨也不再孤单、乏味。自己做饭本来就容易手忙脚乱，而小朵还经常遇到手里拿着鱼肉时有人敲门的尴尬情景。这时候，人性化的冰箱能提供“视频监护”功能，通过冰箱门上的屏幕，小朵在做饭时也能轻松了解是否有客人来访，消除了下厨时的后顾之忧。

智能冰箱的“视频监控”功能

普通人尚不十分熟悉的无线射频技术以及物联网系统、智能冰箱就能让你了解。轻点冰箱触摸屏上的“牛奶”选项，立刻会跳出冰箱中所存牛奶的出产地，还可以从屏幕上看到农场内的工作画面；触摸点击“购买日期”与“地点”，屏幕上立即给出答案，并跳出某社区超市的图像，随后是一张超市当日到货清单；点击“保质期”，智能冰箱会告诉你“离保质期结束还有两天”；点击“健康小贴士”，冰箱上的字幕还会教你怎么喝牛奶最健康。智能冰箱还会提醒：“冰箱内牛奶储备不足两天，建议马上购买”，于是，只需在冰箱触摸屏上点击操作，就可选择商品和购买数量，选择后屏幕会显示几点送货到家。

如果冰箱内部温度过高，它会要求你调整；如果你忘了关冰箱的门，它会鸣叫；如果长期未动用食品，冰箱食品可能要变坏，它也会提示……0℃保鲜区为家庭中的女性减轻了劳动强度，恒温区则为家庭卫生提供了保障，而智能酒吧区等特色区域则为家庭中的男性增加了生活的乐趣。此外，智能冰箱往往带有节电功能，比普通冰箱省电几倍。在购买冰箱容量大小方面，一般三口之家选购冰箱为200升左右，四口之家选200~250升。智能冰箱的产品价位比较高，但这些高端产品最终也能尽快走向平民生活。智能冰箱以创新的3G、联动和物联网技术，将多媒体、交互式体验带进厨房，使2015年的厨房真正成为集联动性、娱乐性、开放性为一体的生活中心，给你带来了更多便捷、快乐体验。

## 美食的诱惑——智能厨房小家电

未来的厨房将是什么景象?是能视频聊天的冰箱，还是自动升降的烤箱，又或是能保持饭菜温度的暖碟抽屉?在智能家电看来，这一切都不是遥远的梦想。

智能微波炉通过一键通智能操作，使操作者在毫无烹饪经验的基础上，完成多种家庭料理。可以煮、蒸、炸、煎、烤……利用电脑芯片数据精准地控制机器的烹饪方式和温度。另外，有些品牌还特别推出适合中国人口味的机型，特设粤、鲁、川、浙四大菜系，根据不同的口味自动完成菜品制作。智能微波炉还具有“智能感应”功能，无需人为设定时间和火力，炉内感应器根据食物的实际烹调状况，自动选择食物最佳的烹调时间和火力，使烹调更简单。

更让你惊喜的是，智能微波炉还可以对非金属进行专业杀菌和除异味，做到更清洁更卫生。再加上银屏LCD显示，可以让视觉更舒适，操作更直观。不得不说，所有的这些设计及外观，点亮了你的时尚厨房，让你轻松享受美食的诱惑。

智能微波炉让你轻松享受美食的诱惑

普通的智能咖啡机有5个以上的大气压强，高档的可以达到15个大气压强，既能萃取出纯正的咖啡，又能打出香浓的奶泡，有些型号的产品甚至还有烧水功能。而一些型号的产品可以自行加热，加热器里加上了传感器和芯片，咖啡杯杯底也装有无线电识别器。当你将咖啡杯放到咖啡器上加热时，识别器立刻进行识别，从而产生你最喜欢的那种味道，它还知道你喜欢加多少牛奶和糖，当热好之后，咖啡杯则会发出悦耳的提示声音。有些智能咖啡机还可以与你的手机或MP3连接，伴着美妙动听的音乐，浓郁的咖啡香味扑鼻而来，为你带来听觉和味觉的双重享受。

音乐咖啡机，生活可以更美好！

智能自助面包机可以自制面包、蛋糕、比萨，全自动运行，不用照看，只需将所需原料和自己喜欢的配料放进机器，搅拌、发酵、烘烤就可以一起完成。自助面包机体积小、耗电不多，也没有什么污染，最重要的是我们可以用它来DIY 自己的个性面包。

智能自助面包机让你想吃什么就有什么

秉承最尖端科技，智能家电以超前意识打造了“未来智能厨房”理念，让充满未来感的厨房电器闪耀你的生活。就让我们走进未来家庭，在未来厨房中感受智能科技的力量吧！

## ● 智能厨房小家电，美味即刻拥有

丽莎是土生土长的北京女孩，但3年的欧洲游学经历却让她迷恋西式风味。无论是齿颊留香的德国烤香肠，还是沁人心脾的冰酒，都是丽莎的心头爱。而这些，丽莎都能在嵌入式智能家电中找到答案。

未来的厨房，不仅是智能、快乐的厨房，而且能将很多传统厨房难以制作的美食带到我们身边。烤箱里的橘味小饼烤至金黄，酒柜里的1982年拉菲散发着充满生命力的酒香，暖碟抽屉内的碗碟正热情洋溢地等待盛装即将出炉的食物……智能升降式烤箱，以及嵌入式咖啡机、嵌入式酒柜等充满时尚感、未来感的厨电，与智能冰箱共同打造了一个完整的未来智能厨房。

手工DIY的心形糕点、包装盒上精致的蝴蝶结，这样精心制作的礼物，一定比买来的进口巧克力更让男友感动和开心。情人节，丽莎就怀着这样的甜蜜心情走进了厨房，开始了烘焙初体验。还好有智能升降式烤箱，丽莎才为男友制作了美味又精致的礼物，更烘焙出了甜蜜的爱情滋味。西门子升降式烤箱能实现自动升降，烤箱门的底部向下滑动便可自动打开，让丽莎可以很方便地从三面取出食物；而在升降过程中，底盘如果遇到障碍就会立即自动停止，所有的加热部件也会自动断电，让本不擅长下厨的丽莎也游刃有余。情人节的夜晚怎能缺少美酒相伴，丽莎也不忘从酒柜中取出珍藏已久的霞多丽和男友分享，经过智能嵌入式酒柜的储存，上乘的佳酿拥有醇厚口感，散发出迷人的魅力。

未来智能厨房，打造最新潮的生活！

无论是智能化、概念化的智能冰箱，还是耀眼的嵌入式家电产品，都体现了智能家电的“未来厨房理念”，并以尖端的技术和精湛的设计描绘了一幅未来智能生活组图。以智能冰箱为核心的智能厨电，把厨房真正变成一个集功能、交流、娱乐于一体的全新生活区域。这些家电用智能厨房理念和产品告诉你，科技不是冷冰冰的技术实践，而是一种点亮生活的色彩，让智能和便捷无处不在。

## 更方便、更快捷——智能洗衣机

晶莹剔透的魔方散发出绚丽多彩的光芒，光影交错，静默无声。只需要一句命令，或者是轻轻的触碰，只需将衣物直接扔进洗衣机中，转身回来，衣物已经安静地躺在眼前，光亮如新。你是否想过，在未来的世界里，人们可以如此轻松地洗衣服！当人工智能逐步代替传统劳动力的时候，洗衣机会有什么样的变化。

毋庸置疑，智能化洗衣机肯定能让你少干活！你只需将衣服放入免晾洗衣机里，整个过程不需过问，等衣服洗好拿出来就可以直接穿上，省去了晾衣服的过程和时间；整个洗衣过程，要你做的就是打开电源，衣服放进电解水洗衣机，放洗衣粉的步骤就省了；还有的洗衣机有防皱免熨的功能。另外，智能洗衣机在智能的基础上，其外形设计也相当时尚，正逐渐为年轻人喜欢。智能洗衣机外修人性化设计，内辅个性化功能，力求实用与艺术格调的完美融合，搭配时尚家居。超薄机身，占地面积小，不受摆放空间约束，还可嵌入整体厨卫，与家居环境完美融合一体。

洗衣服也能这么轻松!

它具有自己独特的操作系统和感应系统。在水洗的时候，能根据所洗衣物的多少自动控制用水量，以及洗衣粉用量，还能自行调节水温。另外，只需将衣服的信息（布料、牌子等）输入系统，由系统存储的档案作出正确的判断。洗衣机自动将衣服由上到下分类，并分批次地进行洗衣。洗好后洗衣机自动将衣物烘干，在赶时间的情况下，拿出洗好的衣服就可以直接穿上。

智能洗衣机能够根据衣物的质量、脏污程度以及织物类型，自动给出最佳的洗涤强度、温度和最优化的洗涤水位和时间，以最小的能耗实现衣物的最佳洗涤效果。其特有的手洗倍护程序，羊毛洗、真丝洗、内衣洗、易熨洗、防皱洗、大件洗等各种智能化的选择，让繁琐的家务变得简单轻松。

近年来，“穷忙族”一词开始流行于国内各大网络社区。它的原意是指那些薪水不多，整日奔波劳动，却始终无法摆脱贫穷的人，现在成了因不满现状而拼命工作以期获得更多价值回报者的代名词。

更省时、更便捷的智能洗衣机！

实际上，不少所谓的“穷忙族”都在脚踏实地地生活，但是可供自由支配的时间却较少。因此，智能化的家电产品更能符合他们的要求。就如第六感洗涤技术，针对不同材质的衣物面料，规定了精确的用水量、水温、力度、洗衣时间，确保带给你的衣物最精心的呵护。洗涤专家作为目前最先进的产品，它对衣物的了解与执著，是你追求时尚最好的支持；它一键搞定的轻松便捷，真正为“穷忙族”创造了更多的休闲时间。

## 更健康、更节能——智能空调

如今，人们工作的步伐和生活的脚步越来越快，很多朋友回到家中都希望能够更加舒适，放慢在外的脚步，简化自己的生活，让自己感觉轻松，而家电产品是我们回家后接触最频繁的，这也是为何在近年来不同产品线的家电产品在功能与使用上更加智能化的原因。

智能空调产品在近年的发展趋势中也是主要的一个方向，很多品牌的空调产品都以智能作为卖点，其开启后智能的调控温度，让我们回到家中使用更加便捷简单，这样省去了来回调温等繁琐的过程。只需拨通家中的电话，或通过互联网发送一个命令，房间的空调可在瞬间开启，而且可根据需要给空调设定不同的温度，你还可以监控它们的运行状态……这绝不是科幻片中的情节，而是智能空调泛网智控器带给你的真实情景。

那到底什么是智能空调呢?

智能空调的系统能根据外界气候条件，按照预先设定的指标，对室内的温度、湿度、空气清洁度等通过传感器传来的信号进行分析，及时自动打开制冷、加热、除湿及空气净化等功能，能够根据人员多少、光线强弱、人体温度自动调节送风……其最大的优点就是舒适；而氧吧功能的设置则为白领们提供了洁净的生活空间；当然，节能、除菌等功能也是智能空调的亮点。

凭借高效全直流变频技术，智能空调实现了对制冷量、制热量的精准调控，让室内温度更快达到设定温度，实现了对制冷量、制热量的精准调节，避免室温大幅波动，从而有效降低电机损耗，令节能效果大幅提升。

除此之外，智能空调在静音方面也表现突出。据了解，高性能智能空调搭载高精密度加工的涡旋压缩舱，有效减少了压缩机工作期间的机械磨损，最大限度地避免了因压缩空间的剧变或压缩力矩的大幅度变动而产生的震动和噪声。

多功能的智能空调

一台智能空调评判的标准是什么？目前来看主要体现在如影随形的送风技术和帮你持家的省电模式。以往的空调都是采用直吹的机械送风形式，开启后只能针对一个方向送风，制冷或制热效率慢，需要等待一段时间才可以感受到温度的变化，被人们戏称为“高级电风扇”。如今，新型智能空调采用全新科技——智能风，它融入了源自日本的动感仪和智能风两大人性化功能，通过红外感应器感应人体活动量和位置，智能识别和分配风量，配合独特的160度超广角送风，让人性化科技发挥得淋漓尽致，让舒适享受彻底升级换代。

## ● 按需送风，舒适如影随形

智能空调行业首创的新ECO SENSOR技术，在智能感应和智能送风方面独领业界风骚。ECO SENSOR由3个不同角度的红外感应器构成，能够细分5个区域，自动识别人体的位置和活动量，不断更新、采集数据，智能分析数据，并根据不同活动量的人进行差异化送风，让不同活动量的人都感觉舒适，从而缩短了达到人体所需温度的时间。同时，可以智能锁定人体送风，令直冷速度提升1倍，不仅让人更容易感受凉意，快速达到制冷要求，而且也减少更多耗电量。

## ● 多种模式可选，体验贴心管家服务

智能空调特设送风式、节能式、避风式等多种运转模式，根据需要选择后，不再需要人为控制，空调自行调节功能，最大限度满足用户所需。在送风控制模式下，空调根据室内人体活动的区域和

强度，智能控制导风叶片的角度，使舒适的风吹向人体，满足用户舒适的享受。在节能模式下，ECO SENSOR如在3小时内感应不到人体活动，空调会自动关闭，以节省能源。在避风控制模式下，空调根据室内人体活动的区域和强度，智能控制导风叶片的角度，避免冷热风直吹人体，让人感觉舒适。

1. 空调在自动检测时，将室内划分为A、B、C3个区域，定位人所处位置。

2. 设定“避开”送风方式，空调若探测人在A区，则自动调节导风板方向，风吹向C区，风不直吹人体，有效预防空调病。

3. 人在房间里活动，空调根据人的位置变化自动调节导风板送风方向，吹风到其他区域，动态随人吹风，舒适健康。

智能空调的模式

当下智能生活成为各大家电品牌纷纷打出来的品牌。但是传统的智能生活仅仅局限于方便、自动完成等功能。现在，我们给大家介绍一款2010年8月在全国上市的智能空调新产品。

通过物联网技术空调可以实现家庭安防，并能通过手机远程监控家中情况，实现预约开机和其他管理……我们常常会用“高端”、“未来”、“智能”等词语来诠释这款空调，而它也一直以其充满惊喜的领先科技让人津津乐道。接下来，跟着我们看一下这款空调的物联网技术打造的新潮生活方式。

在无氟变频物联网空调的显示屏上方有一个隐藏式的摄像头，因为是柜机，高度也合适，摄像头的监控范围更理想，这样一套家庭安防系统既不显得突兀，对来访客人来讲也非常舒服自然。而空调显示屏后面的物联网技术模块拥有空气质量传感器、红外传感器、摄像头以及通信模块等，将第三代移动通信技术应用在空调上，使手机和空调直接通信。

物联网的奇特功能

据了解，因为有物联网技术的支持，红外传感器、摄像头以及通信模块等技术设备、用户的手机就组成了一个家庭版安防系统。只要通过手机3G网络，不论什么时候、在哪里，你都能与家中物联网空调轻松互联，视频监控家庭安全，进行无线温控管理，随时保护家人安康。

当你出差在外，若有陌生人闯入家中图谋不轨，物联网空调会通过红外传感器和摄像头拍下来人的照片，彩信发送给你，并给你拨打视频电话，你可马上报警，消除财产安全隐患；家里若只有老人和小孩留守的时候，你可以打开手机随时视频监控家中情况，一旦发生老人跌倒、宝宝生病等突发情况，可以及时采取措施。

# 五 欢乐天地
# ——娱乐系统

**小故事**

## 有趣的数字媒体兴趣小组

不管是大学还是中小学，同学们学习求知的欲望总是很强烈，各种各样的课外兴趣小组层出不穷。热爱天文学、数学、文学、书法等同学汇聚一起互相学习。广州某中学高一（2）班的几名同学组建了一个特别的兴趣小组——数字媒体兴趣小组。兴趣小组的同学都是数字影音设备的超级爱好者。组员中小凡和阿鑫最喜欢摄影，他正打算把自己的数码卡片相机提升到单反级别。大鹏想做个自由的“拍客”，现在正处于新手阶段的他整天DV不离手。大毛是个体育迷，除了打篮球外，最喜欢的就是玩“体感游戏”了，按大毛的话说就是“锻炼娱乐两不误”。组长小刚是个电影迷，小刚的父母都是影视工作者，家里很早就买了家庭影院设备，小刚的课余时间大都是在影视的熏陶中度过的，他现在的梦想是当电影导演。在周末和假期，组员们总爱去逛逛广州大大小小的数码电脑城，著名的太平洋电脑城和海印电器城是首选。用他们的话说就是要跟着最新科技走不能“掉队”。有时候数字媒体兴趣小组的同学会组织外出采风活动，许多公园还有大街小巷都留下了他们的拍摄足迹。小刚家是组员们学习和聚会的场所，大家在小刚的家庭影院尽情地观摩影片讨论学习。现在，数字媒体兴趣小组吸引了更多的同学加入。

你感受到这个新型兴趣小组的魅力了吧，是否也对那些新鲜的数字媒体产生了兴趣呢？让我们一起来探个究竟吧。

# 我家就是电影院——数码影音

## 享受视听盛宴——家庭影院

家是每个人心灵的港湾，在家里人们总是处于最放松的状态，除了柴米油盐酱醋茶的物质生活，精神的粮食也是必不可少的哦。看部电影哼首歌，在娱乐中放松身心、陶冶情操一举多得，有了家庭影院，一切在家就能实现。

妮妮邀请小刚去她家的“家庭影院”看电影

## 营造视觉盛宴——家庭影院视觉设备

现在的家庭电视一般首选是平板电视，相对于传统显像管电视，平板电视的特点就是平和薄。现在市场上的平板电视包括了液晶电视和等离子电视。液晶电视也称为LCD电视，是利用光线通过液晶时，对液晶施加不同电压使液晶分子转动，这样光线透过液晶分子产生不同的亮度，最后通过滤光片色轮来决定显示出画面的色彩，最终达到成像。液晶电视由于其画面稳定、图像逼真、无辐射和低耗电的特点而深受消费者喜爱。另外，它“单薄的身体”节省了存放空间也是受到欢迎的重要原因。它的缺点是可视角度过小，最佳的观影位置是正对电视的位置，位置越偏观影效果越差。另外，液晶电视由于响应时间不够迅速容易产生影像拖尾的现象，这使得动作片爱好者“颇有微词”。

液晶电视和传统显像管电视区别大

除了液晶电视之外，等离子电视也是不错的选择。等离子电视也称为PDP电视，通过在两张薄玻璃板之间充填混合气体，施加电压使之产生离子气体，然后使等离子气体放电并与基板中的荧光体发生反应，从而产生彩色影像的电视产品。和液晶电视一样，等离子电视厚度也很薄。

在视觉设备里，DVD播放器是不能缺少的。目前市面上主要有普通DVD播放器和蓝光DVD播放器两种。一般来说，普通的DVD播放器已能满足大部分用户的要求，如果对画质有更完美追求的话不妨试一试蓝光DVD播放器。

## 科技小档案

### 什么是蓝光DVD?

蓝光DVD也称为蓝光光盘，英文为“Blu-ray Disc”，缩写为“BD”。可是这个名字怎么来的呢？传统的DVD的光头所发出的激光的波长相对较长，颜色都是红色的，而蓝光DVD是利用波长较短的蓝色激光读取和写入数据，所以此种光盘被命名为蓝光DVD。

为什么蓝光DVD容量会大于普通的DVD呢？

蓝光DVD是目前世界上最大容量的光盘，一张蓝光DVD的容量是25GB，而一张普通DVD的容量是4.7GB，也就是说一张蓝光DVD的容量是普通DVD容量的5倍之多。这是为什么呢？因为波长越短的激光，能够在一定的单位面积上读取或记录更多的信息，而蓝光DVD所利用的蓝光激光要比普通DVD所利用的红光DVD的波长要短很多，这就决定了蓝光DVD的容量要比普通DVD大很多。

总的来说蓝光DVD的出现是一次质的飞跃，它的出现，为高清电影、大型游戏和数据存储带来了极大的方便。

## 延伸阅读

**投影仪——打造电影院般的视觉效果**

好莱坞的电影风靡全球，令人震撼的视觉特技尤其受到青少年的喜爱，想要身临其境般地在特技世界遨游，超大尺寸的屏幕必不可少。液晶电视和等离子电视已经满足不了需求了，投影机才是主角。高端家庭影院的视觉呈现一般都采用投影机和超大尺寸幕布的组合。由于电影的画面往往色彩比较深沉，因此若想完美表现电影内容，对欣赏大片的投影机要求也较高，往往需要具备高对比度、高分辨率的特色。因此，消费者选择时也应该着重考虑这两个因素。

小刚在家用投影仪看电影

## ● 给耳朵插电——家庭影院声音系统

满足了眼睛的需要，可不能“怠慢”我们的耳朵哦——功放和音箱一个都不能少。功放的作用就是把来自音源或前级放大器的弱信号放大，推动音箱放声。一套良好的音响系统功放的作用功不可没。多数电影音轨分为5个或以上的声音通道，功放实际上是家庭娱乐的音频系统的核心，最基本的要求是5.1、6.1或7.1声道系统。

想邀请亲朋好友来家里开Party唱歌跳舞吗？家庭影院系统很容易就能帮你实现愿望，只需购置一两个话筒，家庭影院即刻就变成了你的专属KTV包房，你可以和家人朋友一起随心歌唱。谁唱得好呢？不如来PK一下。

小明和妈妈、爷爷奶奶一起在家唱卡拉OK

## 延伸阅读

**"5.1、6.1和7.1"声道是什么意思呢?**

5.1声道的"5"是指前左、前右、前中间、左后环绕、右后环绕5个声道，而"1"是指低音炮；6.1声道是增加一个后中间声道，放在座位后面的中间位置即可；7.1声道是把左右环绕音箱放在观众座位的两侧，再增加两个后环绕声道，均匀地摆放在座位后面。

7.1声道音箱

## 瞄准未来——三维立体电视

**小故事**

### 3D来了

2010年，好莱坞电影导演詹姆斯·卡梅隆用一种新型的视觉形式——三维立体（3D）电影《阿凡达》征服了全球，这一年中国人见面的问候语“你吃饭了吗？”被“你看《阿凡达》了吗？”替代了，来自潘多拉星球的阿凡达成了咱们地球人热议的明星。

英国当地时间2010年1月31日，在英超曼联——阿森纳的比赛中，英国天空体育频道有史以来首次使用3D技术对这场比赛进行电视直播。

3D电影和3D电视带给观众的到底是怎样的视觉感受呢？当你在看电视时，突然发现“飞人”刘翔脱离了比赛的赛道，犹如一阵风般从你的身边“飘”过；科幻片中体形魁梧的大猩猩金刚正气势汹汹地向你迎面扑来；等等。不过，不用怕，这就是3D电视的效果。

大鹏和爸爸在家看3D电视

为何电视画面里的人或者动物会“跑出”银屏呢？这就和三维立体电视的成像原理密切相关了。三维立体电视一般简称3D电视，它利用眼睛的视觉特性来产生立体感。因为左眼和右眼位置不同，所以各自观察到的景象也有细微的差异，这种差异是产生立体感的根本原因，3D影像也跟这个原理一样，由通过带有跟左右两眼效果一样的特殊摄影机所拍摄的影像构成。被拍摄的左右两个影像通过3D电视和眼镜分别送到两眼后，在大脑里合成立体影像，这样我们就看到了3D影像。目前进入家庭的3D电视机绝大部分是需要配戴3D眼镜才能看到三维立体效果的影像，而随着3D技术的不断精进，不需要配戴眼镜可用肉眼观看的3D电视也已经上市销售，这种类型的3D电视被称为裸眼3D电视。

延伸阅读

**3D电视也有缺点**

1．易致视疲劳

健康和安全是3D立体显示急需攻克的难题。研究结果显示，观众在观看立体影像时，由于眼睛会迅速地来回移动，因而容易造成视疲劳。

2．价格太贵

3D电视要想真正走进普通家庭，似乎并非易事，高昂的价格足以让平民望而却步。

3．可能引发一些严重疾病

观看3D电视可能引发一些严重疾病，对儿童和青少年来说更是如此，其中包括视力下降、头晕、视线模糊、眼睛或肌肉等出现不自主的抽动、恶心、抽搐、痉挛、方向障碍以及意识丧失等。在出现这些症状后不要饮酒，在身体疲劳或不适的时候不要收看3D电视。

## 2 影像地带任我游——数字影像设备

这是一个值得记录的时代，享受现代生活的我们，不必再像古人一样搜肠刮肚地用文字来描绘身边的美景，用摄像机和照相机来记录你的精彩生活，用镜头讲述你的心情。宝宝的第一声啼哭、第一次微笑对年轻的父母们来说是如此珍贵；一家人外出旅行充满欢乐的时刻耐人回味；平凡的生活也会有绽放美丽的时刻……把每一个美好场景都记录并保存下来，你再也不用在脑中苦苦搜寻这些美丽的记忆了，家用型数码摄像机和照相机的普及让这一切成为可能。

记录我们的生活

## 记录美好生活——数码摄像机

**小故事**

### 数码摄像机

1995年7月，索尼公司（Sony）发布了第一台数码摄像机DCR-VX1000，发布时售价高达4 000美元，它一经推出，即被世界各地电视新闻记者、制片人广泛采用。在那时对于普通人来说，数码摄像机是富人和专业人士才能拥有的奢侈品，它就像海市蜃楼一样可望而不可即。

2011年“五一”期间，位于广州天河区岗顶的几家数码商城的外墙上，各大数码摄像机品牌的巨幅广告格外抢眼。数码商城内各大数码摄像机品牌商家则推出了众多优惠活动吸引消费者，打折、送礼、抽奖等活动搞得热闹极了。在某数码摄像机品牌的专柜前，初二学生小刚正在试用售货员推荐的一款能够模拟电影胶片效果的数码摄像机。小刚爸爸李先生说，小刚从小就喜欢看电影，长大了想当一名优秀的导演。李先生表示非常支持儿子的兴趣爱好，他和妻子都是普通的工薪阶层，家用数码摄像机刚出来的时候太贵买不起，现在价格越来越便宜了，准备给儿子买一台当节日礼物。

读了上面两则小故事，是否觉得振奋呢？仅仅经过十几年的发展，数码摄像机不再是专业人士才能用得起奢侈品，它已经走进了普通人的生活，成为摄像爱好者、上班族、学生一族甚至是家庭主妇们的好伙伴。

### ● 数码摄像机知多少

Digital Video简称DV，翻译成中文就是“数字视频”的意思，它是一种数码视频格式。然而，在绝大多数场合DV代表数码摄像机。DV按使用用途可以分为广播级机型、专业级机型、消费级机型3种。广播级机型主要应用于广播电视领域，它的图像质量最好，但价格也最贵，动辄数十万元的价格，也不是一般人所能承受。专业级机型主要应用在广播电视以外的专业电视领域，如电化教育等，图像质量一般低于广播级摄像机，但价格也便宜些，一般在几万到十几万元之间。消费级机型是适合家庭使用的摄像机，它体积小、质量轻，便于携带，操作简单，价格便宜，是目前深受普通消费者喜爱的机型，可以用它制作VCD、DVD，能够满足家庭娱乐的需要。

数码摄像机不用胶片就能拍

三种机型的DV

下面让我们一起来认识适合家庭使用的消费级DV吧。消费级DV分标清和高清两种类型，标清DV已经能够满足一般家用的需要，如果你对视频的质量要求严格的话可以选择高清DV。它们的外观和构件差不多，主要包括机身、镜头、LCD液晶显示屏。机身相当于我们人的身体，镜头就像是我们的眼睛，把景象收集起来。我们把看到的景象储存在我们的大脑，那镜头“看到”的景象储存在哪里呢？当然是储存介质里面。

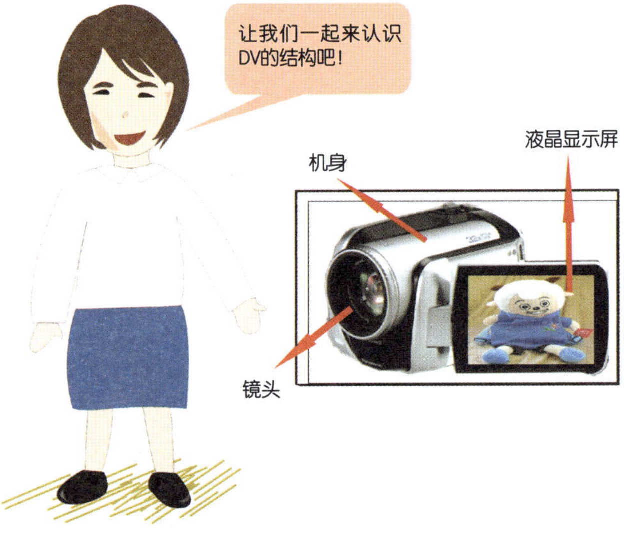


DV的构造

DV发展到今天，大致包括4种储存介质：一是磁带，包括早期的模拟信号磁带和现在的数字信号磁带两种；二是可读写光盘；三是硬盘；四是闪存卡。如果把我们的大脑比作海洋，它可以储存无限量的信息，那DV的储存介质顶多能算个小池塘，它能够存储的信息是有限的。现在流行着一段顺口溜说得很贴切：光盘作为记录介质的DV已经基本淡出了人们的视线，硬盘仍然依靠越来越大的容量在顽强抗争，DV带在家用市场上已经是日薄西山，闪存则是当红小生。

使用硬盘作为存储介质，存储容量越大质量越重，但储存量大是它的最大优点，可以连续拍摄数小时的视频不用担心存储空间不够。闪存的优点就是轻便，一张薄薄的闪存卡质量几乎可以忽略不计，缺点就是储存量比较小。相信随着科技的不断发展，或许在不久的将来这个问题将不再是问题。

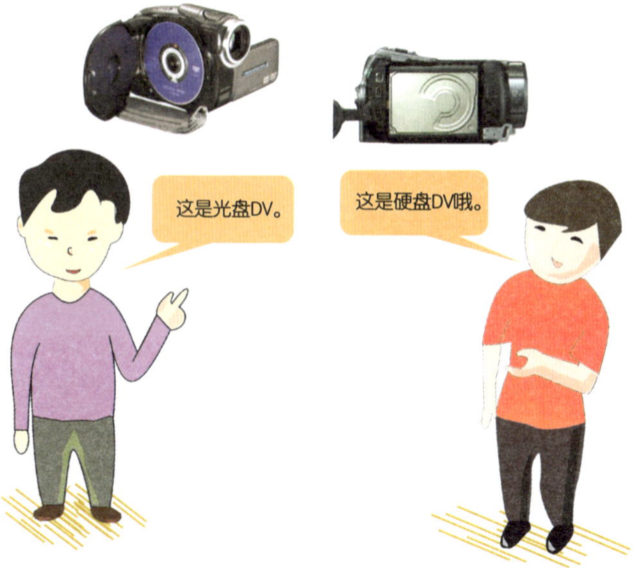


使用不同储存介质的DV

LCD液晶显示屏也是DV的关键部分，我们可以一边拍摄一边通过它看到拍摄的效果，实时地调整我们的拍摄，让画面更完美。

除此之外，现在绝大部分LCD液晶屏都是触摸屏，可谓“一点即通”，通过它可以非常直观方便地选择拍摄所需的功能。

延伸阅读

**新手学拍摄**

有了属于自己的DV总是令人兴奋不已，但如何拍摄出美丽的画面却是让人头疼的。有些DV新手喜欢像小学生写日记一样以记流水账的手法拍摄，只求数量不求质量，无论什么事情从头拍到尾，且不按一定的规范随意拍摄。这样的拍摄方法浪费了有限的存储空间，增加了后期编辑的工作量，拍摄出来的画面经常是摇摇晃晃、忽明忽暗的无效素材。怎么来解决这些问题呢？让我们从基本功学起。

在新手阶段，不要追求花哨炫酷的东西，踏踏实实做好三字口诀：稳、准、平。

1．勤用三脚架。三脚架是最好的辅助工具，把DV架在三脚架上拍摄出来的画面是最稳的。

2．找到支撑物。没有三脚架采用手持拍摄时，正确的方法是双手握住DV，重心放在腕部，同时保持身体稳定，最好能找个可以依靠的物体来支撑，比如墙壁、树桩等。

3．“横平竖直”要规范。拍摄时构图也很重要哦，这时候LCD液晶显示屏可以大展身手了。不必追求好莱坞的电影大师们那样精心雕琢的完美构图，能做到基本的“横平竖直”就可以了。在拍摄过程中，应确保取景中的水平线(比如地平线)及垂直线(如电线杆、大楼)和取景器或液晶屏的边框平行。这样拍摄出来的画面就不会是歪歪扭扭的了。

现在的DV都有多倍光学变焦功能，许多新手不喜欢平淡的画面想要加入一些变化就频繁变焦，这可是犯了拍摄大忌哦。忽大忽小的画面可能没能达到你想要的动感，反而把无辜的观众弄晕了。

掌握了一些最基本的技巧，做个“拍客”就轻而易举了，不过，要想成为电影大师还得继续努力。

## 停留精彩瞬间——数码相机

在某个夏日的午后，你闲来无事翻看那些儿时已经发黄的照片，这些照片把你带回了童年的美好回忆。那些回忆都和相机分不开，相机让那些美好的瞬间变成了永恒。你想起了儿时的梦想，拥有一台相机，看到什么拍什么。那时候价格不菲的照相机和胶卷只是照相馆里的稀罕物，你真的认为那只是梦。今天，你经常带着你的相机走街串巷，随处可见街头拍摄的少男少女、在旅游景区疯狂照相的大叔大婶。原来的梦想成真了，没有胶卷我们也能照相！数码照相机走进了普通家庭，人人都是摄影师。

## 小故事

### 数码卡片相机像素越高越好吗

小明是广州市某小学六年级的学生，今年3月12日植树节班主任老师带领全班同学去植树，当天班上很多同学都带了数码相机拍照留念。同桌阿强请小明给自己拍了几张照片，小明对此产生了浓厚的兴趣。小明的妈妈王女士打算周末带儿子去华南植物园参观，小明为此向同桌阿强借了相机。参观当天小明非常高兴，拍摄了各种各样植物的照片，还帮妈妈拍了照，王女士见儿子如此热爱照相打算买台相机送给儿子。

4月的某个周末王女士带着儿子来到数码电器商场选购，热情的销售员介绍王女士购买某品牌最新推出的一款1 400万像素的数码卡片相机。小明说阿强的相机只有800万像素，但价格和眼前这款1 400万像素的相机价格差不多。销售员告诉他们像素越高照片质量越好，王女士觉得捡了个便宜，于是便购买了。这款相机使用了一周后，王女士发现这款相机拍出来的照片并不比阿强的相机好到哪里去，有时傍晚或阴天拍摄的照片出现了小斑点和奇怪的色彩，难道不是像素越高质量越好吗？答案是什么呢？在下文中帮小明找到答案。

## 数码相机知多少

数码卡片相机

现在作为家用最主流的数码相机是卡片相机。卡片相机拥有时尚的外观设计、大屏幕的液晶屏、小巧纤薄的机身。无论你把它塞进外衣口袋还是鼓鼓的书包都不是问题，挂在脖子上也不会是累赘。卡片相机的操作基本上是自动的，操作十分便捷，老人小孩都能很快掌握。由于手动功能相对薄弱，它被称为“傻瓜相机”，和更专业的相机比起来它的镜头性能较差。

目前主流的卡片相机是600万~1 200万像素，1 600万像素的卡片机也已经面世。买相机时，很多零售商会告诉你，相机的价值是用像素来衡量的，像素越高越好。事实却并非如此。专家们认为600万像素已经可以达到传统相机的35毫米胶片所拍摄出来的照片水平了，数码相片的质量也在达到600万像素之后开始下降。

这是为什么呢？卡片式数码相机都被设计成形状小巧、价格合理，所以成像元件（CCD或CMOS）的尺寸就被限制了。为了不断降低相机尺寸，制造商会将极其微小的图像传感器嵌入卡片相机。如果在不增加尺寸的情况下提高像素，同样尺寸的传感器就必须承担更多工作。超负荷运转的传感器因此失去了精确度，在光线不好的环境下容易出现小斑点或奇怪的色彩。

增加的像素本来应该可以制造更多的细节效果，但是数码卡片相机并没有配备高水平的镜头，以至于通过镜头投射到上面的光线会产生衍射现象导致很多细节都损失了。购买1 200万像素以上的相机前，应三思而后行，600万像素的相机基本上可以满足普通人的拍摄需要。你还记得前面小故事里小明的问题吗？这下有答案了吧。

## ● 单反不是梦

在电视上或者大街上你看到别人拿着“长枪短炮”，以专业而优雅的姿态拍摄照片的时候，你或许已不再满足于“傻瓜型”的卡片相机了。吸引力十足的单反相机是那些“长枪短炮”里的主力队员。单反相机就是指单镜头反光数码相机，即数码、单独、镜头、反光，英文缩写为DSLR。用单反相机拍摄出来的图像质量要远远好于数码卡片相机，例如600万像素的单反相机拍摄的图像质量绝对超过800万像素的数码卡片相机。和数码卡片相机相比，单反相机的镜头是可以随意更换的，拍风景用广角镜头，拍花草换微距镜头，拍野生动物用长焦镜头……你可以根据自己的需求和爱好选择配套镜头。

曾几何时，单反相机都是专业人士才能拥有的奇货，相对卡片相机其庞大的体积、高昂的价格、镜头等配件的不菲价格成为普通购买者的奢望。这几年单反相机市场风生水起十分火爆，很多品牌厂商推出了面对低端用户的入门级单反相机，其价格与高端卡片机相差无几，单反不再是一个梦。

**延伸阅读**

**认识数码照片**

普通照相机在胶卷上靠溴化银的化学变化来记录图像，而数码相机则是利用电子传感器把光学影像转换成电子数据的照相机。和DV一样，数码相机也有一个液晶显示器，每次拍完照片之后，我们可以立即从液晶显示器里看到照片的效果，不满意可以随时删除随时重拍，照相的时候再也不用烦恼胶卷的成本了，可以随时随地拍到尽兴。数码相机拍摄出来的照片被储存在储存卡里，只需通过一条数据线和电脑相连接就能把照片传输到电脑硬盘上保存。你可以通过图片编辑软件对照片进行修饰。简单易用的入门级编辑软件光影魔术手非常适合初学者使用，想要对照片进行更细致的加工，你可以选择专业图片处理软件Photoshop。你还可以把这些照片制作成电子相册，把快乐和朋友们分享。

## 3 全家一起乐翻天——数字游乐园

**小故事**

### 游戏机的乐趣

爱玩是人之天性，在家里这样一个本就该轻松愉悦的环境中，游戏当然是少不了的。孩子们爱玩，年轻人爱玩，其实有时候长辈们更贪玩。

小强是广州市越秀区某小学五年级的学生，他和爸爸妈妈爷爷奶奶住在一起。爸爸妈妈平时上班忙，爷爷奶奶退休在家，每天傍晚都去小区花园散步，爷爷偶尔喜欢找棋友下象棋。儿子和媳妇忙工作，小明放学后喜欢和同学玩，时间一长，两位老人有时候便也有些寂寞。小明爸爸告诉儿子要多陪陪爷爷奶奶，可小孩子好动，喜欢跟同龄人玩，小强陪爷爷奶奶待一会就伺机溜出去了，爸爸也很无奈。

某天，爸爸突然带了一台游戏机回家，从此爷孙俩找到了共同爱好。这下爸爸不用再强迫小强陪爷爷了，爷孙俩爱上共同的爱好，爷孙俩既是游戏中的“亲密战友”，又是“竞争对手”。周末的时候，爸爸也会来过把瘾，祖孙三代其乐融融。不过，爸爸严格规定小明每次玩游戏的时间不得超过40分钟，爷爷是最佳的监督者。

全家一起玩游戏

游戏机到底是什么呢？广义来讲，人类用来进行游戏的机械电子装置都可称作游戏机。随着电子技术信息产业的长发展以及电影漫画产业的带动，电子游戏机便成为游戏机的实际代表，由于其更专业化的游戏性表现，因此即便电脑水平如此发达的今天，电脑游戏仍然无法替代游戏机的强势地位。

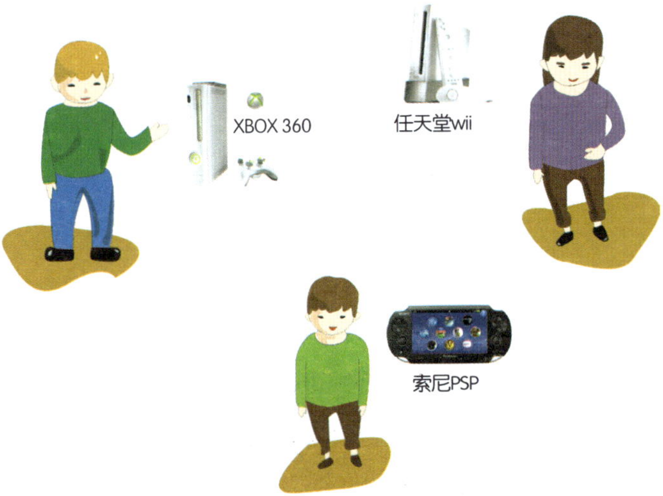


三款主流游戏机

## 体感游戏——寓运动于娱乐

如果你还单纯地靠键盘、手柄按键的方式来玩游戏，你就落伍了。现在，玩游戏需要全身动起来。这些游戏就叫体感游戏，顾名思义是通过身体运动的感应，来实现游戏中的各种操作与目的的一种游戏类别，简单地说，就是指通过人体动作来实现游戏。它具有单独的主机、手柄，并能通过无线通信实现感应，能对手柄的位置移动与速度作出判断，是一种通过肢体动作变化来进行（操作）的新型电子游戏。

体感游戏

体感游戏为游戏体验者带来了模拟真实的体验。在一款打网球的游戏中，当你拿着游戏专用的球拍在显示屏前击球的时候，你所对应的显示屏里虚拟角色也会做出相同的动作。在游戏中你再也不用做“沙发土豆”了，游戏的时候手舞足蹈起来娱乐一番，寓运动于娱乐之中。

体感游戏——打网球

## 掌上游戏机——随时随地想玩就玩

从电子产品的整个发展历程来看，轻盈便携适中的产品占领着市场，游戏机也不例外。不在家的时候能否想玩就玩呢？当然可以。现在的掌上游戏机仅有口袋大小，随时可以掏出来酷一把。

大部分掌上游戏机除了掌上游戏功能方面突出之外，还可以通过WIFI上网，具有影像拍摄，支持高清影音播放、图片浏览、电子书阅读、收音机等功能。你可以储存一些电子书或学习视频在里面，不只随时能玩，还能随时学习。

### 延伸阅读

**不沉迷于游戏**

玩游戏作为繁忙的学习生活的调节剂能带给我们娱乐和享受，全家人一起玩游戏还能增进感情，营造轻松快乐的娱乐氛围，但如果游戏时间过长就会产生一些危害。长时间对着电视屏幕或者掌上游戏机屏幕易引起视疲劳，甚至头晕眼花，有的人还会出现心慌恶心，睡眠不好，久之就可造成近视。青少年如果沉迷游戏的话还会影响到学习和健康成长。

青少年、儿童每次玩游戏的时间不要超过1小时，家长们需要做好监督工作，让游戏成为生活的一种乐趣而不是我们的负担。

# 六 阅生活阅精彩——数字阅读

**小故事**

## 北京奥运会的“纸”

2008年北京奥运会虽过去很久了，但是那波澜壮阔的开幕式对小刚来说，至今还记忆犹新。

从祥云火炬到开幕式中心舞台，再到激动人心的火炬飞天点火，无不让小刚为之赞叹一番。但最让他称奇的当属那幅寄寓着“彩虹大地”的美好意象的水墨山水画：它是由众多的舞者、小朋友和来自全世界运动员共同描绘完成的。这幅大气磅礴的“卷轴”是由什么材料做成的，也着实让小刚迷惑了许久。

其实这张特殊的“纸”是用电子材料做的，它的巧妙运用也是为了展示我们如今的生活已经进入了一个舒适、悠然的数字阅读时代。

那么，在这全新的数字阅读环境中，你是否也做好了准备呢？

2008年奥运会开幕式卷轴

# 1 “悠纸生活”新感觉——数字阅读器

## 随心所阅——手持阅读器

**小故事**

### iPad的广告创意

苍蝇拍，iPad如果这两种东西放到一起，你会想到什么有趣的事情或者故事呢?

一位男士拿着iPad端详地坐在椅子上，津津有味地浏览着网页，突然，这种宁静惬意的阅读被一只嗡嗡作响的苍蝇打断了。这位男士下意识地拿起手中的iPad，朝桌上的苍蝇奋力拍去。一声巨响之后，男士不知所措抖落摔烂了的屏幕碎片。画外音调侃道：iPad全面性压倒传统报纸，除了一件事。

苹果平板电脑

这其实是iPad的一则有趣的创意广告。它不是为了告诉我们，iPad“不能用来打苍蝇”，或者是“iPad的屏幕很容易碎”。它真正的用意应该是像广告词那样：Every day. In a whole new way（每一天，都有新事物），我们该做好迎接这新的悠“纸”阅读的准备了。

手持阅读器

根据2010年的“第七次全国国民阅读调查”提供的数据显示：我国18~70周岁公民中有24.6%的人已经接触过数字化阅读方式，还有16.7%公民通过网络进行在线阅读，14.9%的公民接触过手机阅读。

这说明，数字阅读工具在增加，选择数字阅读方式的人也在不断扩大，并且逐渐向手持阅读器分流。

什么是手持阅读器呢?

这里说的手持阅读器，也可以叫做数字阅读器或者数字阅览器，是一种用来看数字图书的工具。之所以加上“手持”，是为了与电子书阅读器软件区别开来。目前应用较多的主要是支持数字阅读的手机、PDA以及苹果公司的iPad等。

目前，数字阅读还没有完全取代传统的书本阅读，但普通的书本阅读已经无法像手持阅读器那样接收并传播如此之多的知识和信息了。所以从承载知识的数量和传播的范围来看，手持阅读器将会逐渐成为今后我们阅读的新伙伴。

延伸阅读

**数字阅读器的发展**

数字阅读器大致在20世纪90年代产生，最早是在2007年，国外的一家亚马逊公司首次推出数字阅读器Kindle，由于便于携带，随时都便于阅读，所以短短的几年时间里就掀起了一股全球手持的阅读热潮。2010年1月27日，美国的苹果公司发布了iPad，它集收数字阅读和发电子邮件等多种功能于一身，短时间内迅速吸引了无数人的眼球。而目前我们国家现在主要的手持数字阅读产品主要有汉王电子书、盛大Bambook等。

数字阅读器kindle

## 数字畅读——数字阅读软件

**小故事**

小梦的宝贝——手持阅读器

小梦放学回家后，打开书包准备要温习今天课堂上老师讲过的新知识，却突然发现课本不见了！她仔细地回想了一下，原来是临近放学的时候被同学妮妮借去忘记及时归还了。

如果没有课本的话，那么今天学习的新知识就没办法复习了，那小梦该怎么办呢？

只见小梦不慌不乱地从包中拿出一样神秘的“法宝”。小梦打开它，只见课本就像印在显示器中一样，不仅具有书一样的质感和翻阅效果，而且课堂上老师讲解的重、难点知识在上面也都有标记。这件法宝便是前面所提到的手持阅读器。

电子图书

它具有纸版书的质感和阅读效果；它可以“逼真地”展现原书的原貌，而且显示大小可以任你调节；它能够为你提供完全个性化以及逼真感的阅读方式；目前它已经被广泛地运用在我们的阅读生活中——它就是利用PDF格式生成的电子图书。

PDF是一种数字文件格式，它能够将文字、字形、格式、颜色及独立于设备和分辨率的图形图像等封装在一个文件中。它支持超文本链接、声音和动态影像等电子信息，阅读起来非常方便的同时安全可靠性也很高。

目前，阅读PDF格式文件，使用较多的软件是Adobe Reader。打开 PDF 后，它可以使用许多种工具快速查找到相关的信息。当你在阅读PDF格式的书籍或是文章时，可以在线填写一些你的读后感并以电子方式提交出去，也可以通过注释和标记工具为章节添加批注。同时Adobe Reader 的多媒体工具也可以播放 PDF 中的视频和音乐。

## 科技小档案

### PDF文件

PDF文件格式是Adobe公司开发的电子文件格式。这种文件格式与操作系统平台无关，也就是说，PDF文件不管是在Windows、Unix还是在苹果公司的Mac OS操作系统中都是通用的。这一特点使它成为在Internet上进行电子文档发行和数字化信息传播的理想文档格式。越来越多的电子图书、产品说明、公司文告、网络资料、电子邮件开始使用PDF格式文件。

PDF格式文件在日常办公中的应用

# 2 “智慧家庭”新体验
# ——家庭本地数字化阅读

## 鸿篇巨著随时阅——电子图书

**小故事**

### 电子图书

“你听，你听，它在讲孙悟空大闹天宫呢。”

“来，也让我听听吧。”

这是发生在小刚家里的一段关于《西游记》的对话。一本名著既能看，又能听，是不是听起来很新鲜呢？

可以听的电子图书

如今一些大部头的鸿篇巨著经过数字化处理后，可以根据你的喜好需要来进行“阅读”的。在数字家庭中，只要打开显示器，这些名著便随时可以供读、看或者听。如果遇到临时需要外出的情况，你还可以带上像iPad这样的手持阅读器，在路上，在车上继续享受着你的“阅读”历程。

伴随着数字家庭技术的发展，数字化阅读方式的创新与推广，图书的发展也迎来了又一次新的革命。

数字化阅读

借助新的印刷工艺，传统图书能够在装帧外观上实现多种精美化的包装。在数字家庭中，你可以根据自己阅读需要再对它们进行另一番个性化的包装，也就是把它们转换成不同的电子阅读格式，如TXT文件格式、DOC 文件格式、PDF 文件格式，以及EXE 等文件格式，并相应地加入声音、动画等一些媒体效果，使它们成为数字图书。

电子图书

电子图书同时具有传播速度快，存储、删除过程相对简便的特点，而且具有依托于网络的优秀的即时性特征。这些特征使得它更适合在家中阅读那些畅销书、杂志和收藏价值较低的书。

在阅读结束后，还可以方便地将其删除，既节省了阅读书籍报刊的成本，也可以省去一次性阅读完毕后，如何处理它们的烦恼。这也将大大节省空间和时间。

**科技小档案**

目前电子图书一种比较流行的阅读载体是电子杂志，又称网络杂志、互动杂志。它以flash为主要表现形式。电子杂志是一种非常好的数字图书阅读形式，它兼具了数字化与互联网两者的特点，且融入了图像、文字、声音、视频、游戏等相互动态结合来呈现给读者。此外，还有超链接、及时互动等网络元素，是一种很享受的阅读方式。电子杂志具有较好的延展性，可以在PDA、MOBILE、MP4、PSP及 TV（数字电视、机顶盒）等多种个人终端进行阅读。

## 巧藏万卷书香溢——数字书房

**小故事**

适逢假期，小刚像往常一样，完成家庭作业后，便在自己几乎见不到藏书的书房中，开始了他的学习之旅。

只见他拿起一个智能遥控器，按下了几个键，少顷，一个立体式的三维世界便在显示器上出现了。原来，在这间不同寻常的书房中，小刚是利用电脑和交互式网站、软件和电脑游戏来开阔视野和探索世界的。这间书房不仅能够让小刚利用与传统的课本完全不同的方式与全世界的专家和其他孩子进行交流学习。同时三维模拟、画外音、视频和丰富的多媒体也吸引他能够以令人兴奋的新奇的方式了解各种各样的事物：范围从昆虫的生命周期到声波相关知识等方方面面。

数字书房

小刚的这间独特的书房是不是很神奇呢？在数字家庭中这种奇妙的学习方式是完全可以实现的。

随着现代学习和生活节奏的加快，我们的体力和智力被大量消耗掉了，很多人更是很难专门抽出空闲时间去读书“充电”。书架上一本本的经典书籍早已成了书房中的摆设，束之高阁而又无暇欣赏。原本整洁明亮的书房，也因这些大部头“经典”的挤占而越发拥挤了。

数字书房的出现正在慢慢改变着这种尴尬。借助智能中心电脑，传统的书房将快速地完成瘦身：大幅度地减少纸书的数量的同时，又能保证书房里有更多的数字图书能够读到。

当我们想要读书学习时，再不会是到书架前找书和取书，而是打开电脑到网上搜索和阅读。

对于眼睛视力不好，但又不愿减少阅读的青少年来说，数字技术完全可以让“书籍”朗读给你 “听”。在数字家庭中，你可以闭上双眼，安然地“听”书，并在这“听”的过程中，任意调节“听”的快慢。

小刚的数字书房

**延伸阅读**

2005年，广东省发布了“广东省数字家庭行动计划”，提出了发展数字家庭的“岭南模式”。2009年，国家数字家庭应用示范产业基地在广州大学城落成。通过提供互动增值服务系统、交互数字电视系统等服务，你便可在家中通过遥控器享受到远程教育、家庭学习、数字书房等多种双向学习互动服务，实现传统家庭向数字家庭的全新转变。

# 3 “数字学习”新享受
## ——家庭远程数字化阅读

### 轻松博览知天下——在线数字阅读

**小故事**

“真让人揪心呢，难道要等到一个月后，才能看到《漫友》吗？”

妮妮刚刚接到远在美国的姑姑的邀请，暑假要去美国度假。但是，姑姑家那里不方便买到《漫友》，从国内邮寄的话，会麻烦很多。

为此妮妮着实苦恼了许久。那有没有一个两全其美的解决办法呢？——既能够看到最新的《漫友》，又还能在姑姑那里开心地度过一个暑假。

妮妮在线数字阅读

数字家庭中，像妮妮这样的烦恼就大可不必了。通过登陆相关的在线数字阅读网站，我们便可在家中或是通过数字阅读设备方便地阅读和接触到家庭以外的很多数字期刊和图书。

在线数字阅读网站便是这样一种远程数字阅读的窗口平台。它的出现和发展，离不开互联网的巨大作用。通过互联网，信息可以在全世界范围内进行传播，我们也因而被连接成一个整体。在“地球村”里，互联网的最大的特点就是能够让每个人都参与进来，并产生互动和交流。也正因为如此，通过在线数字阅读的方式，我们便可足不出户遍读天下书，遍知天下事了。

在线数字阅读还有一个很好的特点就是对阅读设备的存储空间没有特殊要求。因为是在线阅读，所以不需单独下载阅读内容到阅读设备上进行阅读。在线阅读还会提供一些收藏和书签功能，便于我们在阅读中做标记。一些专业的在线数字阅读网站还会有专门的终端阅读工具软件，便于为读者提供更加个性化的阅读服务体验。

## 延伸阅读

广州近几年来，在线数字阅读的发展也是非常迅速的。出现了许多比较出色的优秀在线数字阅读平台。2007年成立于广州的“读览天下”，便是目前我国领先的一个移动在线阅读平台。它包含的综合性人文大众类期刊品种达1000余种，内容涵盖新闻人物、商业财经、运动健康、时尚生

读览天下

活、娱乐休闲、教育科技、文化艺术等领域。它在国内最早注入了苹果移动终端的原版数字杂志在线阅读服务。“读览天下”通过与移动互联网平台的多终端渠道合作，使用户能够在PC、iPhone、iPad、Android、Kindle、iRiver Story、Sony Reader、Nook等多平台上自由地在线数字阅读。

## 书界清风谱新章——数字图书馆

**小故事**

早上八点多，李先生挤进地铁，从包里拿出手持阅读器，开始了新的一天的阅读生活。纽约时报、南方都市报……在他看来，手持阅读器灵活方便而又容量丰富。

23日对于李先生这样酷爱阅读的人来说，是个特别的日子。自1995年起，为鼓励人们多读书，联合国教科文组织把每

无纸化阅读

年4月23日定为“世界读书日”。

在广东省最大的图书馆——广东省立中山图书馆，正在举行有关阅读的主题活动。放假在家的小刚也闻讯赶来参加此次活动。

“身边很多同学都喜欢这种无纸化阅读方式，许多图书馆也有推出手机阅读和手持数字阅读服务，我觉得这很方便我们的阅读。”小刚高兴地说。

在如今的广州乃至中国，随着相关的数字图书馆项目的规划、发展以及数字化阅读为人所接受范围的逐渐扩大，很多像李先生、小刚这样的读者也将越来越多了。

数字图书馆新体验

数字图书馆其实是一种虚拟的、没有围墙的图书馆。它是通过互联网络技术建立的一种知识系统，也是一种没有时间和空间限制的庞大知识中心。它拥有多种媒体内容的数字化信息资源，能为我们方便、快捷地提供信息和知识。

我国第一家数字图书馆成立于1993年的超星数字图书馆，拥有数字图书80多万种。作为世界上最大的中文在线数字图书馆，它能够提供大量的电子图书资源以供阅读，目前它覆盖了包括哲学、宗教、社科总论、经典理论、民族学、经济学、自然科学总论、计算机等在内的50余大类。

数字图书馆会给我们的阅读方式和学习生活带来哪些新的感受或体验呢?

## ● 个性化的服务

能够根据我们的个性特征和需求方向，提供切合实际需求的个性化信息检索与服务，从而提高信息搜索的有效性和快捷度。

## ● 愉悦的体验

通过与数字图书馆的交互，我们可以向它传达自己的阅读偏好和使用需求，还可以通过网络就自己使用数字图书馆时的一些意见和看法向它反馈。它会根据这些反馈回来的信息及时做出动态的调整。

## 科技小档案

### 数字图书馆

数字图书馆虽然称之为“馆”，并不是因为它是图书馆实体，而是因为它能将文字、图像、声音等数字化信息，通过互联网传输实现信息资源共享。借鉴图书馆的资源组织模式，人们获取信息不受空间和时间限制。网络用户只要通过联网，登陆相关数字图书馆的网站，便可方便快捷地享用世界上任何一个“信息空间”的数字化信息资源。

数字图书馆阅读

## 七 健康卫士——家庭健康保健服务

**小故事**

30岁的李小姐是个成功的白领，在一家知名外资公司任部门主管，她每天上下班都乘坐地铁，只要时间充裕，一日三餐至少要下一顿馆子以饱口福。平时在公司，大部分事情只要点点鼠标，或打一个电话就能搞定。可随着年龄向30岁逼近，李小姐赫然发现，从皮肤到胃肠，再到腰腿都开始闹起革命：皮肤粗糙、长斑；胃肠会时不时隐隐胀痛；在家干活稍微弯腰久了就酸疼得不行。李小姐到医院做了一串检查，也没查出啥确切的病，至多是个劳损。难道30岁就开始老了吗？

生命在于运动！今天，你运动了吗？

## 1 守护健康——健康保健服务在我家

相信每个人都不愿意看到自己的身体未老先衰。尽管随着年龄增长身体会渐渐衰退是一个不可逆转的事实，但你是否意识到，现在红灯频闪的身体，很多并不是年龄带来的“伤”，而是日常生活中没有注意保健造成的。对身体健康问题的重视，并不能等到疾病发作了才开始。以上的小故事告诉我们防范胜于治疗的深刻道理。如今，都市人大多忙于工作，生活不规律，交际应酬多，又缺乏锻炼，亚健康不断侵蚀着我们的健康生活。为了自己和家人我们必须重视健康与保健。数字家庭的健康卫士正好可以解决你的燃眉之急，可提供家庭保健服务，帮助守护你和你全家人的身体健康。

## 健康贴心的卫士——走近健康保健服务

数字家庭健康保健服务就像全家的健康卫士，保卫着我们全家人的健康。那么，健康卫士是如何保卫全家人健康的呢？下面让我们一同走近数字家庭健康保健服务，看看它能给我们带来哪些贴心服务。

健康卫士主要负责守护家庭成员的身体健康，还能连接互联网为家庭成员提供一系列的保健服务。健康卫士的秘密其实在于数字家庭保健设备、医疗中心系统和互联网医疗网站。一个数字家庭保健设备让你可以随时检测家庭成员的生理状况，使家庭成员对自己的身体状况保持持续关注。医疗中心系统和互联网医疗网站拥有更加强大的功能，它们可以通过连接互联网为家庭成员提供丰富的保健信息、预约挂号等服务。内外结合的强大组合，为家庭成员的身体健康提供可靠保障。

大鹏用电动按摩仪帮爸爸按摩

## 小设备显身手——家庭保健设备

**小故事**

### 要小心高血脂

因心脏病突发而猝死的新闻在我们的生活中并不陌生，据媒体报道，有“神童辉”之称的香港地区风云人物罗兆辉于2011年1月在东莞疑因心脏病突发而猝死。近年来，有多名各界知名人士因心脏病而相继离开人世，让人惋惜的同时也不得不引起我们对心脑血管疾病的高度关注。

究竟是什么原因导致心脑血管疾病的呢？很多人都知道和高血压有关，而实际上还有另一个潜藏在血液中的隐蔽“杀手”——高血脂。

高血脂是一种全身性的疾病，是血液中胆固醇和甘油三酯过高或高密度脂蛋白胆固醇过低所引起的，现代医学称之为血脂异常。心脑血管专家特别指出，轻度高血脂症由于前期没有明显症状，容易被人们所忽视，因而有“健康的隐形杀手”之称。很多人常常对高血脂不太在意，直到患上冠心病、心肌梗死和脑血栓等疾病时，才后悔莫及。

你是否有时忘记了饮食要健康呢

这并不是骇人听闻的故事，而是真真切切发生在我们身边的事情。有调查显示我国每年有250万~300万人死于心脑血管病，并且低龄化趋势明显，是健康的主要“杀手”之一，这给社会和家庭造成沉重负担。这些都是“隐形的杀手”，如何让它们“无所遁形”？那就需要我们健康卫士出招了。

妈妈使用蓝牙探热棒给小孩量体温

家庭保健设备是家用的医疗保健设备，它最大的特点就是可供非专业医疗人员使用，并且操作简单、体积小。一般来说，只要安在家里就可以轻松地实现对自身生理数据的检测，以确定自己的生理数据是否在健康范围之内。此外，数字家庭保健设备还可以接连电脑，利用网络把检测得来的数据传输到医院。这些保健设备方便了人们及时了解自己的身体变化。

家庭保健设备一般可分为辅助检查类和日常保健类。家庭保健设备检测器械中较为常见的有：远程多参数监护仪、远程血压监护仪、电子体温表、蓝牙听诊器等；家庭保健设备日常保健类的有：按摩仪、矫形器等各种高科技辅助器具、康复医疗用具以及各种康复器材及日常生活辅助用品康复训练设备等。

**延伸阅读**

**血压高低全掌控——远程血压监护仪**

2010年，中国高血压患者的人数已经超过2亿，每年还在以1 000万的人数继续增加。而且，高血压不再是中老年人的“专利”，30岁以下的人高血压的患病率已经达到10%，上升的趋势远远高于老年人。有统计显示，在中国每年死亡的300万心血管病患者中，50%与高血压有关。

高血压并不陌生，是常见的老人疾病之一。但看完以上消息你还会因为自己年轻而觉得高血压事不关己吗？还会忽视高血压对身体带来的危害吗？对自己的血压还是长期地关注着比较好。在数字家庭健康保健服务当中，就有一部设备长期监控着用户的血压，这就是远程血压监护仪。有了远程血压监护仪对用户血压的监测，使得用户对自身的血压状况保持长期的关注，对高血压有着一定的预防作用。

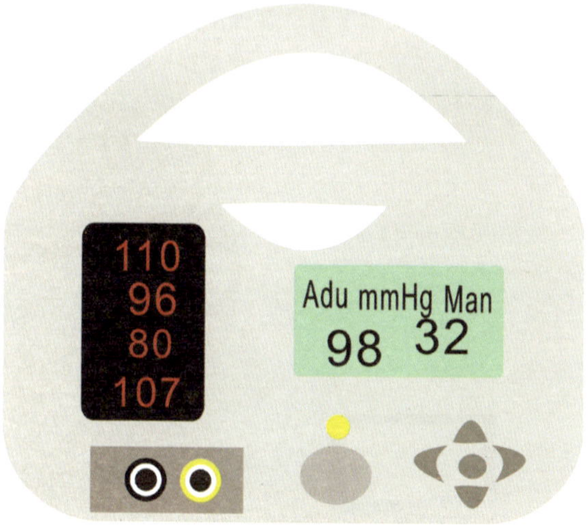

血压监护仪方便查血压

远程血压监护仪具有远程自动血压测量及数据通信的多功能血压监测设备，可以把用户的血压数据以文本的形式储存起来，以便作为日后的诊疗提供参考。测量方式可选自动和手动模式，可存储多达140万组血压测量结果，可对测量者行为状态进行记录追踪。广泛应用于医院、社区诊所、家庭等多种环境的生理参数采集。

## 2 “网”罗保健——健康保健服务多

**小故事**

一天，妮妮见妈妈在电脑前不停地打字有些好奇，她走到妈妈身边看见电脑屏上显示着“在线医疗咨询”。她问妈妈，这是什么东西？妈妈说：“这是数字家庭保健健康服务之一，通过互联网就可以在网上咨询医生。”妮妮感叹道：“这真是方便啊！”

网上健康咨询真方便!

健康卫士贴心的服务还包括医疗中心系统、互联网医疗网站，它们能通过连接互联网给家庭成员提供丰富的健康保健服务。妮妮妈妈使用的就是网上即时健康咨询服务。除了这项服务外，健康卫士利用互联网还能给我们耍出哪些看家本领呢？下面我们一起来看看。

## 贴心零距离——健康咨询

《生命时报》曾经联合搜狐网进行的一项调查显示：42.53%的人每次生病都会利用网络搜集信息，53.64%的人视疾病情况而定，只有3.84%的人从来不会。综合来看，超过90%的人会通过网络了解病情。

患者医生“面对面”

对于健康咨询人们往往最容易想到在网上搜寻疾病养生的信息，其实这只是健康咨询的一种形式，还有其他两种分别是利用视频、文本等方式，与医疗专家进行即时或非即时的交流和通过在线留言的方式来咨询健康问题，故事中妮妮妈妈使用的就是非即时的网上健康咨询。

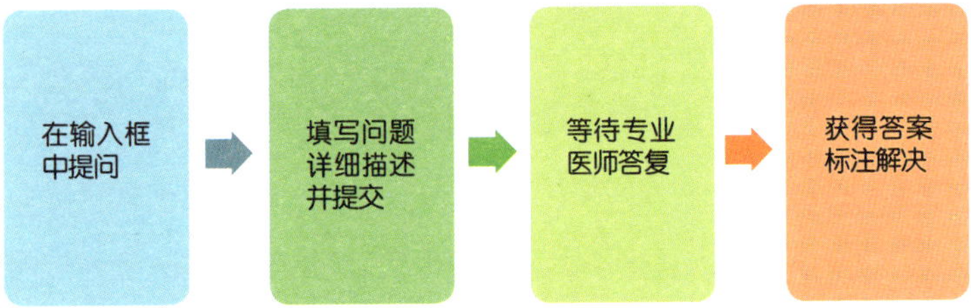


非即时的健康咨询的基本步骤

家庭健康保健服务除了有健康咨询以外，还可以查询有关的主治医生出诊信息。这大大地方便了用户在网上进行预约挂号。用户可通过输入个人真实信息、病例卡号等资料对某个专家门诊进行网上预约挂号，并可通过在线支付平台对挂号费用进行预先支付，以实现成功预约挂号；此外用户还可根据具体情况进行临时的预约取消。人性化给予用户提供极大的便利，也节省了医院的资源。

**延伸阅读**

### 网上健康咨询服务的注意事项

虽然网上健康服务带来一系列好处，满足你足不出户就可以与在线专家交流沟通及查病寻医的愿望，但在咨询时也要注意以下几个方面：①在咨询中，应尽可能清楚地罗列出自己的年龄、性别、目前的症状、病史及有关详细检查资料，使医生能给出专业性的、尽量准确的答复。②接受网上指导，了解持续治疗多长时间，需要使用哪种治疗方案比较合适后，可以与自己的责任医生进行商议从而选择出最好的治疗方案。③最重要的是，网上咨询只是了解自己病情的一种手段，所以在进行咨询后，最好还是到相关的医院接受医生的专业治疗，以免耽误病情。

## 什么是电子病历系统

电子病历是医疗健康信息个性化发展的趋势，也是信息化应用向临床发展的迫切需求。以患者为中心，以医疗信息为载体，以信息融合与临床支持系统为手段，形成医疗整体信息化解决方案。电子病历是数字信息化的病历，病人在医院期间产生的所有数据，都应该属于电子病历的一部分；电子病历系统病历信息，还包括提供的相关服务，它能实现患者信息的采集、加工、存储、传输和服务。医院将使用安全的数据中心托管电子病历应用，简化诊疗所需的技术配置，并确保24小时全天候的企业级支持与信息安全。

## 老人好伴侣——平安钟

平安钟——老人平安好伴侣

现在大多年轻人白天忙于工作不在家，老年人独守在家中，万一不小心发生意外，老年人该如何自救呢？若是在数字家庭中，一个小小的按钮就可以解决这个难题，只要老人佩戴平安钟，当意外发生时，一按平安钟的按钮，它就会自动向“120”急救中心发出呼叫求助。

从2005年开始，广东省广州市东山区作为试点，试行老年人“星光平安钟”服务，三无孤老、低保户里60岁以上的独居老人由政府安装平安钟并代为支付每月服务费。“星光平安钟”的服务不光有急救服务，而且还有咨询服务、巡视服务、家居服务和义工服务。

目前，平安钟产品包含两种规格：固定平安钟和移动平安钟，其中固定平安钟通过公共交换电话网络进行通话和数据传输，而移动平安钟则拥有卫星定位功能，通过全球移动通信系统网络进行通话和数据传输。平安钟服务系统可与“120”调度系统无缝对接，为“120”急救服务提供详细的用户资料，并提供医院内部解决方案，使“120”调度系统能获取用户的电子病历，使急救工作更准确、更快捷。

## 在家诊断——远程医疗

远程医疗诊断并不是陌生名词，相信你一定听过。但你可能对此并不完全了解。远程医疗诊断作为健康卫士的服务之一，对于家庭成员健康的守护有极大功劳。

为什么这样说呢？因为远程医疗诊断使病人在家也能看病。在一些家庭保健设备的帮助下，病人可以利用互联网通过移动远程医疗系统传递视频和音频的信息，让医生作出即时性的或延时性的诊断。基于互联网的链接，远程医疗会诊系统可以提供一种“面对面的”就诊模式，给人以亲切感和真实感。当医生或病人有难以解决的病情时，可以通过这一系统向其他知名医院的专家进行询问，以得到第二方甚至第三方的建议信息。

医学影像存档与通信系统

目前广泛发展的远程医疗需借助于医学影像存档与通信系统和医疗信息系统，使医疗中心的专家通过观察远端患者的医学图像和检测报告进行诊断和会诊。它可以传输静态医学图像、诊断、化验单、生理检测报告等，有的还具有传输动态图像的功能，可以远程监护患者状态。医生根据这些信息进行远程诊断和医疗指导，实现远程诊断和会诊，为医疗水平较低的远端医疗场所的医生提供咨询建议，共同作出正确诊断。

远程医疗诊断虽然具有方便、打破地域性限制等优点。但也存在着不少风险，远程医疗诊断并不能代替面诊就医。首先，患者所提供的生理数据并非十分精确。利用家庭保健设备检查生理数据时，设备因操作不当产生的数据误差难以排除。这极有可能影响医生的诊断。此外，对于一些特定的生理数据，家庭保健设备并不能一一概括检查，也无法作为医生的诊断参考数据。其次，远程医疗诊断仅作为医学诊断，并不是治疗疾病。对于疾病的治疗还是需要到正规的医院机构，遵循医生的指示去接受检查与治疗。最后，能适用于远程医疗诊断的疾病相对比较少。一些如癌症、骨科等疾病单靠远程医疗诊断是无法诊断出来的。

**延伸阅读**

**生理数据是如何到达医疗中心的呢**

在数字家庭当中，利用数字家庭保健设备所获得的生理数据是依靠什么系统到达医疗中心的呢？其依靠的就是医学影像存档与通信系统（PACS——Picture Archiving and Communication System）。它是医院信息系统中的一个重要组成部分，是使用计算机和网络技术对医学影像进行数字化处理的系统，其目标是用来代替现行的模拟医学影像体系。它主要解决医学影像的采集和数字化、图像的存储和管理、数字化医学图像的高速传输、图像的数字化处理和重现、图像信息与其他信息的集成5个方面的问题。

## 科技小档案

### 医院信息系统

医院信息系统（HIS——Hospital Information System），亦称医院管理信息系统，是指利用计算机软硬件技术、网络通信技术等现代化手段，对医院及其所属部门的人流、物流、财流进行综合管理，对在医疗、诊断活动各阶段产生的数据进行采集、储存、处理、提取、传输、汇总、加工生成各种信息，从而为医院的整体运行提供全面的、自动化的管理及各种服务的信息系统。

数字家庭健康保健服务守护全家健康

俗话说“身体是革命的本钱”，有了好的身体，才能精力充沛地投入学习、投入工作。而数字家庭健康保健服务是家人健康的守护者，它为我们提供最新的医疗健康资讯，改变了我们的就医习惯，给予我们专业而方便的服务。首先它极大地方便了广大病患者，尤其是一些特殊人群，如：行动不方便的残疾病人和患慢性病的老人、需要定期检查的孕妇和儿童、需要长期到医院复查病情的慢性病患者(如糖尿病、心脏病患者)、远离医院交通不便的病人等。其次这种贴心的健康保健服务，为生活节奏紧张、时间紧迫的城市人提供了一个随时随地的家庭医疗保健。对自身健康状况的持续关注，可以尽早地发现疾病的症状，从而达到保健和预防疾病的目的。